열흘간의 대화

66 계곡물처럼
걸림 없이 오고 가는
스님과 시인의
삶의 대화 **99**

열흘간의 대화

조오현·신경림 지음

참글세상
1% 나눔의 기쁨

서문에 대신하여

출판사에서 이 만남을 제의해 온 것이 공교롭게도 나 스스로 불교에 대해서 궁금한 것이 참 많을 때였다. 스님을 만나 내가 궁금하게 생각하는 것을 물어보고 그 대답을 듣되, 혼자 들을 것이 아니라 여럿이 함께 듣자, 이것이 이 만남을 가지게 된 동기였다고 말할 수 있다. 그래서 당초 기획은 내가 스님에게 묻고 그 대답을 끌어낸다는 형식이었지만, 스님의 겸손이 그것을 허용치 않아 마침내 서로 묻고 서로 대답하는 형태가 되었다. 그 결과 불교 얘기, 문학 얘기에 살아 온 잡다한 얘기까지 뒤섞인 두서없는 내용이 되고 말았으나, 10여 차례 만나 이야기를 나누는 동안 나는 이 만남이 결코 헛된 것이 되지 않으리라는 자신감을 갖게 되었다.

형식에 관계없이 이 잡다한 얘기를 통해서 부처님의 가르침이나 스님들의 삶에 있어 내가 궁금해 하던 것들에 대한 대답을 스님으로부터 끌어낼 수 있었기 때문이다. 나 자신을 포함하여 불교에 다가가려는 사람들에게 크게 도움이 될 얘기들을 스님의 말 속에서 허다히 찾을 수 있다는 점, 만남을 가지면서 내내 즐거웠 던 까닭이 여기에 있다.

이 만남을 시작하면서 나는 스님과 두 가지 약속을 했었다.

불교든 문학이든 전문가가 아니더라도 알아들을 수 있는 얘기를 하자, 이것이 첫 번째 약속이었다. 애초에 이 책은 불교입문서적 인 성격도 띠어야 한다는 것이 스님이나 나의 생각이었다. 실제로 우리나라에는 불교신도가 엄청나게 많음에도 불구하고 불교에 대 한 지식은 제대로 보급되어 있지 않은 것이 현실이다. 불교의 양 적 확대가 질적 심화에 의해 뒷받침되지 못하면서 추상화된 측면 이 있는데, 쉽고 재미있는 불교 얘기로 불교의 질적 심화에 일조 를 하자는 것이 이 만남의 목적이기도 했던 터이다.

또 하나는 남의 눈을 의식하는 발언은 피하자는 것이었다. 물론 활자화되는 것인 만큼 누군가가 읽어줄 것이다. 하지만 읽어줄 그 독자를 의식해서 마음에 없는 소리, 쓸데없는 제자랑 따위는 하 지 말자는 것이 두 번째 약속이었다.

이 두 약속은 대체로 지켜졌다고 생각되지만, 그 결과 이 만남이 일부 독자에게는 깊이 없는 것으로, 또 일부 독자에게는 새로운 내용이 없는 평이한 것으로 받아들여질지도 모른다. 이 점, 쉽고 평이한 것보다 더 옳은 진실은 없다는 선현의 말을 인용하는 외에 다른 변명이 더 있을 수 없겠으나, 적어도 이 만남이 말장난으로 끝나지 않는 정직하고 순수한 마음의 소리인 점만은 크게 내세울 수 있을 것 같다.

신경림

차례

들판이 내려다보이는 산역에서 차를 버리자
그리고 걷자 발이 부르틀 때까지
복사꽃숲 나오면 들어가 낮잠도 자고
소매잡는 이 있으면 하룻밤쯤 술로 지새면서

이르지 못한들 어떠랴 이르고자 한 곳에
풀씨들 날아가다 떨어져 몸을 묻은
산은 파랗고 강물은 저리 반짝이는데

여행, 길에서 돌아본 인생의 뒷모습

스님　백담사까지 먼 길을 오시느라 고단하시겠습니다. 불편하신 데는 없었는지요.

시인　길이 좋아서 쉽게 왔습니다. 절 입구에서 백담사까지는 등산도 할 겸 걸어서 왔는데 풍광이 너무 좋아 피곤한 줄 몰랐습니다. 입구에서 절까지는 거리가 제법 되던데 정확하게 몇 리나 되는지요.

스님　정확히 7km입니다. 도시에 사시는 분들이 절에 올 때는 차를 타고 오는 것보다 걸어서 오는 것이 좋습니다. 운동도 되고, 이런저런 사색의 시간도 갖고, 새 울음소리며 물 흐르는 소리도 듣고……. 일거양득이지요.

저는 백담사로 들어오는 구불구불한 길을 걷다보면 우리 인생의 길과 비슷하다는 생각을 자주 합니다. 인생사라는 것을 돌아보면 반드시 외길만 있는 것이 아니거든요. 고개도 있고 평평한 길도 있고 돌아가야 할 길도 있습니다. 이렇게 돌아보면서 앞으로 나가는 것이 꼭 선생님의 시 '떠도는 자의 노래'와 같습니다.

떠도는 자의 노래

외진 별정우체국에 무엇인가를 놓고 온 것 같다
어느 삭막한 간이역에 누군가를 버리고 온 것 같다
그래서 나는 문득 일어나 기차를 타고 가서는
눈이 펑펑 쏟아지는 좁은 골목을 서성이고
쓰레기들이 지저분하게 널린 저잣거리도 기웃댄다
놓고 온 것을 찾겠다고

아니 이미 이 세상 오기 전 저 세상 끝에
무엇인가를 나는 놓고 왔는지도 모른다
쓸쓸한 나룻가에 누군가를 버리고 왔는지도 모른다
저 세상에 가서도 다시 이 세상에
버리고 간 것을 찾겠다고 헤매고 다닐지도 모른다

우리는 지나온 세월만이 아니라 이승에 오기 전의 일과, 다시 이승이 끝나고 저승에서 이승의 일을 돌아보는 그런 길을 걸어가고 있다는 말씀이신데, 정말 인생이란 이렇게 시작도 끝도 없는 떠돌이 여행이라는 생각이 듭니다. 그렇지만 사람들은 이런 인생의 길을 잊고 사는 것 같아요. 영원을 내다보기보다는 무조건 빨리 내달려 종점에 이르려고만 합니다. 너무 속도에만 치우치고 성과주의에 빠져 있습니다. 그렇게 빨리 달리려고만 하다가 사고도 내고 빨리 죽는 사람이 많습니다. 좀 천천히 가는 것이 어떠랴 싶은데 참지 못합니다.

선생님은 민요기행을 하면서 여기저기 많이 다니신 여행 전문가로 소문이 나셨던데, 여행을 하시면서 낯선 바람도 맞고, 흙도 밟던 느낌이 어떠하셨는지요.

시인　여행이란 좀 느릿느릿 다니면서 이 생각 저 생각도 하고, 풍경도 감상하고, 그러면서 새로운 것도 보고, 느끼고 해야 제 맛이지요. 그런데 자동차를 타고 빨리만 이동하다 보니 그런 맛과 멋이 사라지는 것 같아 아쉬움도 없지 않습니다. 스님 말씀대로 너무 빨리 달리기만 하면 금방 지쳐서 쓰러지기 쉽지요. 밭에 씨를 뿌리면 싹이 트고 열매를 맺기까지 시간이 필요합니다. 수염도 나지 않은 옥수수를 따면 먹을 것이 없습니다. 밥을 지으려면 뜸이 들기를 기다려야 합니다. 성급하게 솥뚜껑을 열면 밥이 설게 됩니다. 여행도 그런 것이지요. 기다리는 것을 배우고, 천천히 가는 미덕을 가르쳐주는 것이 여행입니다.

백담사에 내려오기 전에 얘기를 들으니 스님께서는 얼마 전 미국을 다녀오셨다고요? 어떻습니까, 자본주의의 심장 미국을 둘러보신 소감이…….

스님　미국은 1980년대 초에 가서 한 2년 머물다 온 적이 있습니다. 그 뒤 다시 간 것은 이번이 처음입니다. 미국에 있을 때도 그랬고 이번에 가서도 느꼈습니다만 그 나라 사람은 우리들보다 여러 면에서 여유가 있는 것 같아요. 땅덩이가 크고 넓으니까 마음도 넓어지는 것인지 아량도 많다는 생각을 했습니다. 그러나 이번에 다시 보니까 미국에 한 가지 병이 있어요. 사람들이 편안한 것에만 길들여져서 걷지 않는 것입니다. 몇몇 도시를 다녀보았더니 차도는 있는데 보도가 보이지 않아요. 기본적으로 사람이란 직립보행을 하는 동물이라는 것을 잊어버린 것이 아닌가 싶어요. 오늘의 미국문화, 미국으로 상징되는 자본주의와 자동차문화는 인간을 걷지 않는 동물로 만들고, 생각하지 않는 동물로 만들어가는 것이 아니냐 그런 생각이 들어요. 법회 시간에 제가 이 이야기를 했더니 사람들이 공감하는 것 같았습니다.
신 선생님은 미국을 언제 다녀오셨습니까, 여러 번 가보셨지요?

시인　유럽은 프랑스와 독일 해서 세 번 다녀왔는데 미국은 금년 초에 처음 다녀왔습니다. 그것도 6박 7일 정도의 짧은 여정이었습니다. 저도 미국에 가서 넓고 큰 땅덩이에 놀랐습니다. 그러면서 한편으로는 미국이 매우 탐욕스러운 나라가 아닌가 하는 생각을 했습니다. 샌프란시스코는 원래 멕시코 땅이었는데 미국이 그걸 빼앗아 영토를 삼았다고 해요. 넓은 땅을 가지고 있으면서 국토는 5%밖에 개발을 안 했다고 합니다. 자기 것은 가만 놓아두고 남의 것만 넘보는 것이 아닌가 하는 느낌이에요. 예를 들어 석유만 해도 미국은 자기 것은 놓아두고 외국에서 가져다 쓴다고 해요. 이런 것이 미국의 경제적 부나 정신적 여유를 지탱하는 힘이라면 그 자체가 좀 부도덕한 것이 아니냐 하는 생각도 하게 됩니다.

스님　그런 측면에서 본다면 미국은 아주 문제가 많은 나라지요. 그러나 돌아보면 괜찮은 데가 많은 나라입니다. 저는 미국이 가진 장점 중에 젊은이들의 자립정신과 어른들의 기부문화는 우리가 본받아야 한다고 생각합니다.

우리나라 사람들은 자기가 벌어놓은 재산을 자식들한테 다 물려주려고 합니다. 이를 위해서는 자기가 평생 먹고 쓸 것, 손자가 평생 먹을 것까지 다 모아두어야 합니다. 그래도 모자라는 게 돈입니다. 그런데 미국 사람들은 자식들한테 유산을 잘 안 줘요. 자기가 모은 돈은 쓸 만큼만 쓰고 나머지는 사회에 기부하는 것이지요. 젊은 사람들도 부모에게 의탁하기보다는 자기가 벌어서 쓰려는 자립정신이 강합니다. 아마도 기독교 문화가 정착한 탓이 아닌가 합니다.

제가 미국에서 식당 일을 할 때 부잣집 딸도 종업원으로 같이 일했습니다. 어느 날 그의 부모를 만나 왜 귀한 딸이 천덕스러운 일을 하는데 보고만 있느냐고 물었습니다. 그때 그 사람은 '사람은 일을 하지 않으면 죽는다. 일을 하면 의식주는 걱정하지 않아도 된다. 딸에게 유산을 물려주면 딸은 일을 하지 않을 것이다. 그것은 딸을 죽이는 행위나 마찬가지다. 일을 통해 스스로 삶의 즐거움을 알게 해야 한다'고 말하더군요. 그러니까 여기에는 부모가 자식에게 유산을 물려주면 자식은 삶의 즐거움을 맛보지 못하고 타락하게 된다는 의미심장한 뜻이 담겨 있습니다. 이건 우리가 배워야 한다고 봅니다.

시인 요즘 미국을 비롯한 서구 사회에서 불교에 대한 관심이 부쩍 높아지고 있는 것 같은데 그 원인이 어디에 있다고 보시는지요. 티베트의 달라이 라마나 베트남의 틱낫한 같은 동양의 고승들이 명상을 통한 '마음의 평화'를 강조한 것도 원인 중의 하나라고 하던데……

스님 그렇습니다. 불교의 참선명상이 소개된 것은 20세기 초 일본의 스즈키 다이세쓰(鈴木大拙)에 의해서입니다. 이후 미국과 서구에서는 선을 신비적 체험으로 이해하는 경향이 있었는데, 이제는 신비주의를 넘어 매우 구체적으로 불교의 참선명상에 관심을 갖기 시작한 것 같습니다.
현대사회는 물질적 풍요를 누리지만 그에 못지않게 스트레스를 많이 받고 있는 것이 사실입니다. 그런데 스트레스라는 것이 얼핏 생각하면 바깥에서 오는 것 같지만 사실은 자기 내면에서 생기는 것이거든요. 불교는 바로 이것을 지적하는 종교입니다. 모든 고통과 불행이 밖에서 오는 것이 아니라 안에서 생긴다. 그러므로 내면을 다스려서 마음의 평화를 얻어야 고통이 사라지고 행복해진다고 가르칩니다. 이런 메시지가 합리적인 서양 사람들에게 설득력 있게 먹혀든 것이라고 보아야지요.

시인　이번에 직접 미국 사회를 둘러보면서 미국에서의 불교의 가능성을 어떻게 전망하셨는지요.

스님　여행 기간이 짧았기 때문에 속속들이 다 보지는 못했습니다. 그러나 한 가지 분명한 것은 이제 미국은 불교의 신천지가 될 것이란 점입니다.

지금 미국에는 동양에서 전래된 다양한 불교 전통이 한꺼번에 수입되고 있습니다. 크게는 스리랑카, 미얀마, 태국을 중심으로 한 남방불교, 달라이 라마로 상징되는 티베트불교, 한국과 중국, 일본의 대승불교와 선불교 등 세 가지 전통의 불교가 들어가고 있습니다. 이들은 각기 자기 나라 불교의 정통성을 주장하며 포교를 하고 있어서 미국은 지금 일종의 불교백화점이 되고 있습니다. 하지만 미국은 국가 자체가 합중국(合衆國)이어서 그런지 이런 전통들이 서로 상충되지 않고 조화되는 모습을 보여주고 있습니다. 마치 미국이라는 거대한 용광로에 여러 가지 불교를 집어넣고 제련을 해서 신철(新鐵)을 뽑아내는 것에 비유할 수 있습니다. 사상의 용광로에 불교를 넣어서 불순물을 제거해서 미국화된 새로운 불교를 탄생시키고 있는 것이지요.

그런 점에서 미국의 불교는 동양의 불교와 다릅니다. 동양의 불교도는 불교를 쉽게 만났다는 점에서는 행운이지만 왜곡된 신앙 전통으로 인해 잘못된 불교를 하고 있다는 점에서 불행합니다. 반면 서양의 불교도는 불교를 늦게 만났다는 점에서 불행이지만 왜곡되지 않은 부처님의 가르침을 받아들인다는 점에서 동양의 불교도보다 우월한 데가 있습니다.

우리는 불교를 먼저 믿었다는 우월감에 사로잡혀서 교리에 대한 이해를 소홀히 하지만 서양 사람들은 교리에 대한 점검을 철저히 하는 만큼 더 가능성이 높습니다. 실제로 서양의 불교가 한국 사회로 역수입되는 현상이 생기고 있는 점을 주목해야 합니다.

시인   미국 순회 법회를 하면서 강조한 것은 주로 어떤 내용이었습니까.

스님   명상에 관한 것입니다. 한국불교의 명상법은 간화선(看話禪)이라고 해서 화두(話頭)를 참구하는 방법인데 저는 그중에서 '부모미생전본래면목(父母未生前本來面目)'을 명상하라고 합니다. 즉 '부모가 나를 낳기 이전의 나는 어떠했는가?'를 명상하는 것인데 제가 제시하는 방법은 좀 독특합니다.

우리는 보통 5살 정도까지는 어린 시절을 기억합니다. 하지만 그 이전의 기억은 가물가물합니다. 그런데 의식을 집중하는 명상 훈련을 하면 4살 때가 기억에서 살아납니다. 계속하면 3살, 2살, 1살 때의 일이 살아납니다. 이렇게 집중하다 보면 망상이 사라지고 마음이 편안해집니다. 이것은 제가 젊은 시절 삼랑진 토굴에서 공부할 때 체험한 것인데, 이번에 제 경험과 방법을 가르쳐주었더니 다른 수행법보다 쉽다면서 매우 좋아하는 것 같았습니다.

미국 여행담을 이야기하다 보니 자랑을 한 것 같아 쑥스럽군요. 제 얘기는 그만하고 선생님 얘기를 좀 듣고 싶습니다. 선생님은 여행을 아주 좋아하시는 분으로 알고 있는데 미국을 최근에야 다녀오셨다니 좀 의아합니다. 무슨 사정이 있으셨는지요.

시인　5공화국, 6공화국 시절에는 출국이 금지되어 외국은 나갈 수 없어 국내만 돌아다녔습니다. 그러다가 문민정부가 들어서면서부터 겨우 나가게 됐습니다. 작년 1월에는 유럽, 올해 초에는 미국을 처음 다녀왔습니다. 그 전에는 국내여행을 많이 했으니 이제는 해외여행을 하면서 세상을 보다 넓게 보고 싶습니다.

제가 여행을 좋아하는 것은 여행이야말로 제 문학의 모티브가 되기 때문입니다. 가만히 생각해보면 저는 어릴 때부터 돌아다니는 걸 꽤나 좋아했습니다. 어려서는 어떻게든지 시골에서 벗어나는 것이 소원이었죠.

> 밭에 씨를 뿌리면 싹이 트고 열매를 맺기까지
> 시간이 필요합니다. 수염도 나지 않은
> 옥수수를 따면 먹을 것이 없습니다.
> 밥을 지으려면 뜸이 들기를 기다려야 합니다.
> 성급하게 솥뚜껑을 열면 밥이 설게 됩니다.
> 여행도 그런 것이지요.
> 기다리는 것을 배우고, 천천히 가는 미덕을
> 가르쳐주는 것이 여행입니다.

내가 살던 시골(충북 충주)은 충주에서 서울로 오는 옛날 국도변에 있었습니다. 대구를 거쳐서 상주, 문경을 지나면 충주를 통과하게 되는데 바로 그 국도변에 집이 있었습니다. 어릴 때만 해도 국도가 사람들이 굉장히 많이 다니는 길이어서 가령 영남에서 오는 소장수는 우리집 앞을 지나서 서울로 올라갔어요. 밤중이나 새벽에도 소 떼가 10마리, 20마리 줄지어 지나가는 걸 보며 '나도 저 길을 따라가서 여기서 벗어나 저 멀리 가 살아야겠다'는 생각을 했습니다. 그러면서 여행이라는 게 제 문학의 주요한 모티브가 된 것 같아요.

그런데 도시에 나가 살면서 다시 길이라는 게 멀리 나가는 것뿐 아니라 돌아가는 길이라는 개념이 생기더군요. 그 길을 통해서 다시 고향에 돌아가 살고자 하는 게 한때 제 꿈이 되기도 했는데, 결국 제 문학도 길에서 생겨난 게 아닌가 하는 생각이 듭니다.

스님　　선생님은 길이라는 것이 나가는 길도 있고 들어오는 길도 있다고 했는데 그 말씀에는 불교적 사유가 담겨 있는 것 같습니다. 부처님의 길이 또한 그러했지요.

석가모니 부처님은 길에서 태어나셨습니다. 어머니 마야부인이 출산을 위해 친정으로 가다가 산기를 느껴서 룸비니 동산에서 출산을 했습니다. 노중출산(路中出産)을 한 것이지요. 석가모니는 참다운 인생의 길을 깨닫기 위해 출가를 합니다. 그리고 6년여 동안 여러 스승을 찾아다니며 수행을 합니다. 그리고 마침내 붓다가야의 보리수 아래서 인생의 큰길, 즉 대도(大道)를 깨닫게 됩니다. 그후 녹야원에서 첫 설법을 하기 위해 18유순의 전도여행을 합니다. 1유순이란 하루를 꼬박 걸어서 도달하는 거리니까 18일을 걸었다는 뜻입니다. 부처님은 녹야원에서 첫 설법을 하고 난 뒤 죽을 때까지 무려 45년을 길에서 보냅니다. 전도를 하기 위해서였습니다. 80세의 나이에 쿠시나가라의 사라나무 아래서 열반에 드실 때도 역시 여행길이었습니다. 그러니까 부처님은 길에서 태어나 길을 찾아 출가하고, 인생의 바른 길을 깨닫고 그 길을 가르치기 위해 45년간 여행을 하다가 길에서 돌아가신 것이지요.

시인   스님들이 걸어가는 출가의 길은 그 자체가 하나의 여행으로 보입니다. 여행이란 일상적 안일에서 떠나는 것인데 스님들이야말로 집을 떠나 긴 구도여행을 하는 분들이라고 생각합니다. 그래서 스님들의 출가는 그 자체가 하나의 드라마가 될 것 같은데, 스님은 어떤 여행을 하면서 여기까지 오게 되었는지, 그게 궁금합니다.

스님   승려가 되는 이유는 참으로 여러 가지입니다. 절 집에서는 이를 발심출가(發心出家)와 인연출가(因緣出家)로 나누어 말합니다. 발심출가란 부처님처럼 인생에 깊은 회의를 가지고 진리를 터득하기 위해 출가하는 경우를 말합니다. 인연출가란 다른 이유, 즉 여러 가지 인연에 의해 출가하는 경우지요. 저는 후자에 속합니다.

해방 이후 여러 가지 어려운 상황에서 절에 의탁하면서 출가의 길을 걷게 됐습니다. 그러나 출가란 어떤 인연으로 하는가가 중요한 것이 아니라 얼마나 제대로 출가생활을 하느냐가 중요합니다.

출가에는 세 가지 뜻이 있습니다. 첫째는 육친출가(六親出家)입니다. 부모, 형제, 처자로부터 떠나는 출가를 말합니다. 애욕에 사로잡힌 보통사람으로서는 사실 이 출가가 가장 어렵지요. 더욱이 출가가 온갖 세속적 욕망의 삶을 포기하는 것이라 할 때 떠난다는 그 자체만으로도 출가는 의미가 있습니다. 그래서 서양의 한 불교학자가 부처님의 출가를 '위대한 포기'라고 했는데 참 적절한 표현이 아닌가 싶습니다.

둘째는 오온출가(五蘊出家)입니다. 오온이란 색수상행식(色受想行識)을 뜻하는 불교용어로 인간의 정신과 육체를 포괄하는 말입니다. 인간은 누구나 '자아', 즉 자신에 대한 집착을 버리지 못합니다. 내 것, 내 집, 내 아내, 내 자식······. 이 세상의 모든 문제는 실로 이 자신에 대한 집착에서 비롯된 것입니다. 나에 대한 집착이 강하면 강할수록 이기주의는 강고해집니다. 아무리 육친출가를 단행했다고 하더라도 자신에 대한 집착에서 벗어나지 못한다면 출가는 형식에 끝나게 됩니다.

셋째는 법계출가(法界出家)입니다. 법계란 진리의 세계를 말합니다. 그런데 출가자는 그가 진리라고 믿는 세계로부터도 떠나야 한다는 것입니다. 세상에는 참으로 많은 진리가 있습니다. 모든 진리는 그 나름의 논리와 정당성을 가지고 있기 때문에 반대의 진리를 용납하지 않습니다. 이 독단과 편견은 자칫하면 자신과 이웃을 오류와 파멸의 구렁텅이로 몰아넣을 수 있습니다. 그러므로 출가자는 독단으로부터 벗어나야 합니다. 이것이 법계출가입니다. 법계출가라는 말은 요즘 말로 바꾸면 이데올로기에서 자유로워져야 한다는 뜻입니다.

저는 불교의 이러한 출가정신이 수행자에게만 적용되는 것이 아니라 보다 높은 정신적 가치를 추구하는 사람들이 참고로 삼을 만하다고 봅니다.

어쨌거나 여행이란 선생님이 말씀한 대로 불교의 출가정신과 맥이 닿아 있다고 봅니다. 일상에서 떠나고, 우리가 의지했던 안락에서 떠나고, 진리라고 생각했던 것에서 떠나고, 상식에서 떠나고……. 그렇게 하다 보면 우리는 여행을 하면서 참으로 많은 것을 배우고 깨닫게 됩니다. 여행은 정중지와(井中之蛙)처럼 독선과 아집에 사로잡혀 있는 중생의 관견(管見)을 깨는 데 도움을 줍니다.

시인　저도 여행에서 많은 것을 배웁니다. 말로만 듣던 것이 실제와 어떻게 다른지, 그리고 사실과 허위의 관계가 밝혀졌을 때의 충격은 여행이 아니면 얻을 수 없는 것이지요. 그동안 제가 여행을 하면서 가장 충격을 받은 것은 출국금지가 해제된 후 처음 중국에 갔을 때입니다. 그때만 해도 저는 사회주의에 대해서 약간의 환상을 가지고 있었지요. '사회주의라는 것은 뭔가 미덕 같은 것을 가지고 있다. 현실 사회주의가 망가진 것은 역시 실천 과정에서 문제가 있는 것이지 본질적인 오류가 있는 것은 아니다' 그런 생각을 하면서 '중국에 남아 있는 미덕 같은 것을 찾아보자'라는 환상을 가지고 중국을 여행했습니다. 그런데 제가 가서 느낀 것은 사회주의에 대한 실망입니다. 특히 인간의 탐욕에 대해서는 여러 가지 생각을 하게 됐습니다. 미국도 탐욕이 많지만 아주 못된 쪽의 탐욕은 도리어 중국 쪽에 있었습니다.

중국에는 그때만 해도 아직 사회주의의 흔적이 많이 남아 있을 때인데 연변 쪽에 잘못된 자본주의 문화가 들어가서 조선족뿐만 아니라 중국 사람도 돈타령뿐이었습니다. 저는 사회주의 국가에서는 상당히 자연환경 보존을 잘해서 자연이 많이 오염되지 않았을 거라고 생각했는데 그렇지 않아 많이 놀랐습니다. 기차를 타니 먹을 것을 많이 팔아요. 우리 일행도 먹을 것을 조금 사 먹은 후에 쓰레기가 생겨서 이걸 어떻게 하느냐고 여승무원에게 물어봤어요 그랬더니 여승무원이 의자에 있는 커버를 벗겨서 쓰레기를 싸더니 창밖으로 휙 던져버리는 거예요. 창밖을 내다보니 철길이 그대로 쓰레기더미예요.

일찍이 맹자는 인간의 본성이 착하다고 생각했습니다. 또 사회주의도 인간은 근본적으로 착하다는 데서 출발하는 것이겠지요. 인간이 원래 착하니까 교육시키면 다 착하게 산다는 논리지요. 마오쩌둥이 내세운 것도 인간이란 교육시켜서 얼마든지 세상을 아름답게 만들 수 있고 지상에 유토피아를 건설할 수 있다는 것 아닙니까. 그러나 인간을 바꾼다는 것이 말처럼 쉬운 일이 아니라는 것을 사회주의 나라들을 여행하면서 깨달았지요.

스님　저는 그 대목에서 종교의 역할과 필요성이 있다고 생각합니다. 우리는 지금까지 사회제도가 인간을 변화시킬 것이라고 생각해 왔습니다. 그러나 제도가 탐욕적이고 이기적인 인간 속성을 변화시킬 수는 없습니다. 자기희생적이고 이타적인 모습으로 인간을 변화시키기 위해서는 종교적 수양이 있어야 합니다. 물론 오늘의 종교가 그런 역할을 하느냐 하는 문제는 있지만, 어쨌든 인간의 본성 자체를 탐욕과 무명에서 자비와 지혜로 바꾸지 못하면 세상은 어둠에서 벗어나기 어려울 것입니다. 그래서 저는 이기적이고 외향적으로 치닫는 사람들에게 자기를 성찰하는 명상을 하도록 권합니다. 인간 존재의 근원을 살피다보면 탐욕이나 이기주의가 얼마나 허망한 것인가를 깨닫게 됩니다.

시인　사실 인간 본성이 바뀌지 않으면 어떤 제도나 문화도 결국은 사상누각에 불과합니다. 사회주의가 실패한 것도 인간 본성에 대한 성찰이 부족한 때문이 아닌가 하는 생각이 듭니다.
중국 갔을 때의 경험담을 조금 더하지요. 중국으로 가기 전에 어떤 진보적인 분의 책을 읽은 적이 있습니다. 거기 보면 베이징에서 조금 떨어진 탕산이란 곳에서 지진이 일어났는데 단 한 건의 강도나 살인사건도 없고 사람들이 마치 아무 일도 없었던 것처럼 질서정연하게 움직여서 사회주의의 아름다움을 보여줬다는 것입니다. 그런데 미국의 시카고에서는 10시간 동안 정전이 되자 온 갖 난동이 벌어지고 도시가 쑥밭이 되었다는 겁니다. 이것이 바로 자본주의적 탐욕이 얼마나 이기적인 것인가를 보여주는 것이라는 내용이었습니다. 그런데 마침 우리가 그쪽을 지나면서 탕산에 사는 조선족을 만나보니 완전히 거짓말이라는 거예요. 탕산은 10만 명밖에 안 되는 인구인데 온 도시에 성한 가게가 하나도 없고, 사람도 몇 천 명이 죽었는지 모를 정도라는 겁니다. 그래서 내가 우리나라 책에 이런 얘기가 있다고 했더니 탕산에서 만난 조선족들이 웃어요. 한국의 사회과학자라는 사람들은 뭘 모르고 떠들어 댄다는 것이죠. 사실 그 얘기는 일본의 『세카이(世界)』라는 잡지에 실렸던 이야기인데, 당시 우리는 사회주의에 대한 정확한 정보를 얻을 곳이 없으니까 『세카이』를 보고 '아, 그렇구나' 하고 믿었던 것이죠.

중국 여행을 하고 그 다음 해에 베트남을 갔었는데 거기서도 실망을 많이 했습니다. 흔히 베트남도 사회주의가 성공한 나라로 치고 있지 않습니까. 특히 통일전쟁에서도 미국을 이겼다고 해서 한때 사회주의가 성공한 모델로 치기도 했습니다. 그런데 여기에도 착각과 환상이 있었습니다.

예컨대 어떤 책을 보면 이런 이야기가 있습니다. 호치민 치하에서는 교육제도가 매우 잘 되어 있어서, 유치원에 가보면 문이 세 개가 있다고 합니다. 작은 문, 중간 문, 큰 문이 있는데, 키가 큰 아이는 큰 문으로 중간 아이는 중간 문으로 작은 아이는 작은 문으로 드나들면서 '고개를 숙이지 않고도 세상을 살아가는 떳떳한 방법을 배운다'는 것입니다. 그런데 제가 베트남에서 일부러 유치원에 가보았더니 의자 하나, 책상 하나 제대로 된 게 없고 그냥 맨바닥에 앉아서 난장판 속에서 공부를 하고 있었어요.

저는 이걸 보고 여행을 좋아하는 것이 천만다행이라는 생각을 하게 됐습니다. 국내에 앉아서는 아무리 설명을 들어도 잘 모르는 걸 여행을 통해 보고 들으면서 깨닫게 되었으니 말입니다. 결국 저에게는 여행이 제 문학의 교실이고 교과서라는 생각을 했지요.

스님　미국의 탐욕과 중국의 탐욕에 대해 말씀하셨는데 선생님은 인간의 탐욕이 어디에서 온다고 생각하십니까.

시인　글쎄요. 저는 인간 본성이 탐욕적인 것이 아닌가 생각합니다. 사회주의의 몰락도 인간 본성의 탐욕을 어찌할 수 없었기 때문이라고 봅니다. 자기 개인적인 욕심이 채워지지 않는 일은 하지 않으려고 하는 것이 인간입니다.

이에 비해 서구의 자본주의는 인간의 이기적 탐욕을 인정하고 그것을 바탕으로 한 시장경제를 유지하다 보니까 경제가 발전하는 것이지요. 그런 뜻에서 인간의 역사는 탐욕의 역사가 아닐까 하는 생각도 합니다. 물론 역사라는 것이 과연 탐욕에 의해서만 진행되어온 것인지는 다시 생각해봐야겠지만 탐욕이라는 것은 어쩔 수 없는 것 같다는 생각을 많이 합니다.

스님　저는 이번에 미국을 여행하면서 인간의 탐욕과 관련해서 여러 가지 생각을 하게 되었습니다. 특히 인간 탐욕의 구체적 실체가 무엇일까를 생각하다가 그것은 어쩌면 식탐(食貪)과 관계가 있다는 생각을 하게 되었습니다. 인생에서 잘 산다는 것은 결국 먹는 문제가 해결되었다는 것이지요. 그런데 그 먹는 것을 조절하지 못하면 큰 문제가 생깁니다. 우선 비만이 와서 건강을 해칩니다. 미국 사람들은 대개 영양과잉이 돼서 너무 뚱뚱해요. 걸어 다니지 않고 차만 타고 다니니 운동도 부족한 것 같아요.

그렇다면 이제는 무엇이 잘사는 것인지, 어떻게 살아야 잘사는 것인지를 생각해야 합니다. 물론 문명이란 편리한 것이기는 합니다. 추우면 난방, 더우면 냉방, 조금만 멀어도 자동차를 타야 움직이는 것이 현대인의 생활법입니다. 그러나 더 잘 먹고 편하게 살기 위해 욕심을 자꾸 키우는 것이 과연 옳은지를 생각해야 한다고 봅니다. 현대는 속도를 중시하고 무엇이든 빨리빨리 하는 능률지상주의가 미덕이 되고 있습니다. 그렇지만 그렇게 빨리 달려서 우리가 도달하는 데가 어디입니까. 결국 빨리 가는 것이 중요한 것이 아니라 바르게 가는 것이 중요하다는 말입니다.

시인　옳은 말씀입니다. 그래서 저는 사람들이 저보고 인생에 대해 한마디 해달라고 하면 '좀 천천히 삽시다'라고 합니다. 사실 우리는 너무 바쁘게 살아요. 무엇에 쫓기면서 살아요. 그 무엇이 무엇인가 하고 돌아보면 허망하게도 실체가 없는 욕심 때문에 그렇게 허덕거리며 사는 것이지요. 사실은 저도 그런 사람 중의 하나지요.

그래서 언젠가 저는 아주 재미있는 모반을 꾸민 적이 있습니다. 몇 해 전 부산의 작은 모임에 초청을 받아 급행열차를 타고 가던 길이었습니다. 그런데 혼자서 가만히 생각해보니 꽉 짜인 스케줄과 시간에 쫓기면서 사는 내 자신이 좀 화가 나더라고요. '아니 내가 왜 이렇게 쫓기면서 여기 가고 저기 가고 정신없이 돌아다녀야 하는 거지. 에라 모르겠다. 내 맘대로 한 번 해보자.' 이런 생각으로 그만 대구에서 내렸습니다. 혼자 그냥 택시 타고 교외로 나가서 한참을 걸어 다니다 보니 어찌나 마음이 편하던지요. 아무 데나 돌아다니다가 여관에서 하룻밤 자고 다음 날 일부러 완행버스를 탔어요. 완행버스를 타고 대구, 안동을 거쳐 느릿느릿 서울로 돌아왔습니다. 강연을 초청한 사람들에게는 미안한 일이지만 정말 그렇게 해보고 싶었습니다. 제가 그때 급행열차에서 내렸던 심경은 뭘 그렇게 급하게 쫓겨가느냐, 앞으로는 천천히 느리게 살겠다는 뜻이었습니다. 그런데 그것은 그때뿐이었습니다. 금방 끌려서 막 서두르며 살고 있습니다.

스님 아, 그러니까 그때의 얘기를 쓴 것이 '급행열차를 타고 가다가'라는 시군요. 저도 그 시를 읽으면서 마음으로 깊은 공감을 했습니다.

급행열차를 타고 가다가

이렇게 서둘러 달려갈 일이 무언가
환한 봄 햇살 꽃그늘 속의 설렘도 보지 못하고
날아가듯 달려가 내가 할 일이 무언가
예순에 더 몇 해를 보아온 길은 풍경과 말들
종착역서도 그것들이 기다리겠지

들판이 내려다보이는 산역에서 차를 버리자
그리고 걷자 발이 부르틀 때까지
복사꽃숲 나오면 들어가 낮잠도 자고
소매잡는 이 있으면 하룻밤쯤 술로 지새면서

이르지 못한들 어떠랴 이르고자 한 곳에
풀씨들 날아가다 떨어져 몸을 묻은
산은 파랗고 강물은 저리 반짝이는데

선생님 시를 읽다 보면 신 선생님은 아무래도 시인보다는 중이
됐어야 할 팔자가 아닌가 싶습니다. 중은 평생을 느릿느릿 살아도
시비할 사람이 별로 없습니다. 불교의 참선이니 수행이니 하는 것
도 따지고 보면 느리게 사는 연습이라고 할 수 있습니다. 참선은

여러 가지 방법이 있지만 그중에서도 가장 좋은 방법은 좌선입니다. 좌선은 아예 시간의 흐름을 잊어버리는 삼매에 들도록 도와줍니다. '시(時)테크'다 뭐다 해서 1분 1초를 아끼는 현대사회에서 좌선은 그 반대로 천천히 걸어가는 것이지요.

왜 이렇게 천천히 살아가라고 하는가. 욕망의 속도를 줄이기 위해서입니다. 그래야 편안해집니다. 그러자면 외부적 환경을 바꾸기보다 마음을 편안하게 쉬어주어야 합니다.

시인 그런 점에서 보면 스님은 천성적으로 중노릇이 잘 어울리는 사람처럼 보입니다. 말씨도 느릿느릿, 행동도 느릿느릿, 마음 쓰는 것도 그렇고……. 저도 부지런한 편은 아닙니다. 시인이란 좀 그런 데가 있는 사람인데도 스님에 비하면 저는 아무래도 중노릇은 하기 어려울 것 같군요.

스님 천성적이라고 말씀하니 하는 말인데 사실 저는 원래 어렸을 때부터 좀 게으른 사람이었습니다. 어려서 서당을 다녔는데 공부보다는 개울가에 나가 소금쟁이와 노느라고 하루해가 짧을 지경이었습니다. 철이 조금 들어서는 절로 들어와 절간의 소머슴 노릇을 했는데 그게 좀 가관이었습니다. 허구한 날 숲 속 너럭바위에 벌렁 누워 콧구멍이 누긋누긋하게 잠을 자느라고 소가 남의 밭에 들어가 일년 농사를 다 망치건 말건 상관하지 않았지요. 그래서 그만 절에서 쫓겨났습니다. 이 절에서 쫓겨나면 저 절로 가고, 저 절에서 쫓겨나면 다른 절을 찾아 나섰는데, 그 사이에 절 집에서는 '아무개는 천하의 게으름뱅이'라고 소문이 나서 결국은 소머슴도 제대로 못하고 말았습니다.

제가 옛날에 이렇게 게을렀던 것을 결코 자랑하려는 것은 아닙니다. 부끄러운 일이지요. 만약 그때 부지런했다면 무엇인가 큰 성취를 했을 겁니다. 생각해보면 후회되는 점도 있습니다. 그러나 마치 바쁘게 사는 것이 잘사는 척도로 인식되는 것은 다시 생각해볼 필요가 있어서 제 얘기를 좀 했습니다.

게으른 것과 느리게 사는 것은 구분해야겠지만 어쨌든 마음을 헐떡거리며 사는 것은 편안한 인생이 아닙니다. 하긴 요즘은 스님들도 무척 바쁘게 살지만, 그래도 절에서는 느리게 살려고 하면 얼마든지 느리게 살 수 있습니다. 어떻습니까. 지금이라도 저하고 같이 산에서 사실 생각은 없으신지요.

시인　좋으신 권고이시나 아무래도 전 안되겠지요. 세속의 때가 너무 묻어서요. 하긴 이젠 세속에 살면서도 어느 정도는 자유로운 상태가 되어가고 있긴 합니다. 다만 느리게 살아야 한다는 말씀은 제 생각과 딱 맞습니다. 방법이 문제일 텐데 거기에 대해서는 저도 연구를 좀 해보겠습니다.

그건 그렇고, 제가 오늘 스님과 말씀을 나누다 보니 문득 이런 생각이 들었습니다. 시인과 스님은 걸어가는 길은 다르지만 추구하는 바는 비슷하다는 것입니다. 시도 좀 느릿느릿 걸어야 써지는 것이지 육상선수처럼 달리면서 쓰는 것은 아니지 않습니까. 불교의 참선도 조용히 앉아서 하는 것이지 뛰면서 하는 것은 아니라는 말씀에 아주 동감합니다. 또 문학도 종교처럼 정신적 가치를 추구하는 것이고, 사람들에게 감동을 주려고 한다는 점에서 비슷한 부분이 많다는 생각이 들어요.

또 한 가지 절감하게 되는 것은 모든 인생이란 어떻게 보면 긴 여행을 하는 나그네라는 것입니다. 아까 스님은 부처님이 길에서 태어나서 길에서 살다가 길에서 돌아가셨다고 했는데 우리 같은 평범한 사람도 사실은 그런 길을 걷는 것이라고 봅니다. 우리가 태어나서 '응애' 소리를 지르는 순간이 여행의 시작이라면 목숨이 끝나는 그 순간이 여행의 종착역일 것입니다.

인생이라는 여행은 우리에게 새로운 것에 대한 기대와 흥분을 안겨주지만 한편으로는 생소한 것에 대한 불안과 불편함을 안겨줍니다. 또한 그 여행은 누군가에게는 편안하고 즐거운 여정이지만 누군가에게는 괴롭고 쓸쓸한 시간이기도 하지요. 많은 사람이 이 여행을 즐겁고 편안한 것으로 만들기 위해 수만 가지 노력을 하지만 성공적인 여행을 한 사람이 얼마나 될지는 모르겠어요.

스님　선생님은 인생을 여행에 비유하셨는데, 저는 그 여행이 육도윤회를 경험하는 행위라고 봅니다. 윤회란 사람이 지옥, 아귀, 축생, 수라, 인간, 천상의 세계를 돌고 도는 것을 말합니다. 제가 왜 인생을 육도윤회라고 하는가 하면 인생이란 살다보면 하루에도 수없이 육도의 세계를 왔다 갔다 하기 때문입니다.

지옥이란 땅 속에 있다는 감옥을 말하는데 여기에서는 끊임없이 고통을 받는다고 합니다. 쉴 틈이 없다고 해서 무간지옥(無間地獄)이라고 합니다. 우리가 살다보면 이런 고통의 순간이 얼마나 많습니까. 아귀는 몸뚱이는 남산만 한데 목구멍은 바늘귀만 해서 어떤 음식을 먹어도 늘 배가 고픈 고통을 말합니다. 인간의 욕망은 남산보다 큰데 그것을 채우지 못해 늘 갈증을 느끼는 상태가 여기에 해당합니다. 축생은 동물의 세계입니다. 아수라는 싸움을 좋아하는 귀신이라고 합니다. 인간은 이성과 감정을 수시로 교체하며 선악의 세계를 왔다 갔다 하는 존재입니다. 그리고 천상이란 항상 즐거움이 넘치는 세계를 말합니다.

중생은 이러한 육도의 세계를 무시 이래로 윤회해 왔다는 것이 윤회설의 골자입니다. 그러나 이것은 전생이나 내생의 문제가 아니라 현실의 세계에서 더 자주 경험하게 되지요. 우리는 하루에도 수십 번씩 화를 내며 싸우기가 예사입니다. 아수라가 되는 것이지요. 채워지지 않는 욕심 때문에 심한 갈증을 느낍니다. 이것이 아귀의 세계입니다. 그런가 하면 불쌍한 사람을 보면 자비심을 일으키기도 합니다. 이 순간 천상락을 누리는 것입니다. 이런 일이 하루만 반복되는 것이 아니라 평생을 두고 반복되는 것이지요. 평생을 육도의 세상을 윤회하는 여행을 하는 셈입니다. 현실의 세계에서 우리는 이런 여행을 체험하고 있는 것입니다. 그래서 옛 선사들은 일일일야(一日一夜) 만사만생(萬死萬生)하는 것이 우리 중생의 삶이라고 했습니다.

시인   스님이 윤회 얘기를 꺼내서 드리는 말씀인데 정말로 윤회는 있는 것인지 없는 것인지 궁금합니다. 우리는 죽으면 방금 말한 육도의 세계를 돌고 도는 것이 사실일까요.
아니면 그냥 그런 세계가 있을지 모르니 조심하라는 도덕적 경고입니까. 저는 가끔 그것이 궁금합니다.

스님   솔직하게 말하면 저도 그것은 잘 모릅니다. 왜냐하면 죽어보지 않았기 때문이지요. 사실은 부처님도 이런 형이상학적인 질문을 받으면 직답을 피했습니다. 아무도 경험하지 않은 세계를 있다, 없다로 단정적으로 말하는 것은 정직한 태도가 아니라는 것이지요.
부처님 제자 중에 말룽카풋타라는 사람이 있었습니다. 그도 이런 의문을 가지고 죽으면 사후세계가 있는지, 영혼은 불멸하는지와 같은 형이상학적인 질문을 했습니다. 그때 부처님은 이런 비유를 들어 대답합니다.
'어떤 사람이 독화살을 맞았다고 하자. 친구가 화살을 빼고 치료하려고 하자, 그 사람이 이 화살이 어디서 날아왔고, 누가 쏘았으며, 무슨 독이 묻었는지를 알고 난 다음에 화살을 뽑아야 한다고 말한다면 그런 것들을 알기 전에 그 사람은 독이 퍼져 죽고 말 것이다. 마찬가지로 그대들이 영혼이 불멸하는지, 내세가 있는지를 아는 데 시간을 허비한다면 그것을 알기 전에 죽고 말 것이다. 화살을 맞은 사람은 화살부터 빼고 치료를 받는 것이 순서이듯이 현실적인 고통을 받는 사람은 그 고통에서 먼저 벗어나는 것이 중요하다.'

이 이야기가 의미하는 바는 인생은 그런 형이상학적인 문제로 시간을 허비해도 좋을 만큼 넉넉한 여유가 없다는 것입니다. 현실의 문제가 매우 중요하다는 뜻입니다. 여기서 현실의 문제란 늘 깨어 있어야 한다는 부처님의 경책이라 해도 좋겠습니다.

시인　무슨 말씀인 줄은 알겠는데 그렇다고 궁금증이 해소되지는 않을 것 같네요. 여전히 그런 문제가 궁금한 것이 중생입니다. 도대체 우리는 죽으면 어떻게 되는 것인지, 과연 윤회를 하는 것인지, 윤회를 한다면 어떻게 하는지 궁금합니다.

스님　이렇게 생각해보면 어떨까 싶습니다. 경험적으로 보면 우리는 어제도 존재했고 오늘도 존재하고 내일도 존재할 것입니다. 이것을 시간적으로 확대하면 1년 전 또는 10년 전에도 살았고, 1년 후나 10년 뒤에도 살 것이라는 논리가 성립됩니다. 이것을 조금 더 확장하면 전생과 내생으로 연결되겠지요. 하지만 이런 설명이 존재의 영원불멸을 뜻하는 것이냐 하면 그렇지는 않습니다. 모든 것이 시시각각 변하는 무상한 존재라는 점에서 어제의 나와 오늘의 나는 다릅니다. 만약 불변의 존재라면 늙거나 변하지 말아야 할 터인데 우리는 생로병사의 과정을 통해 시시각각 변해갑니다. 매순간 다른 존재가 영속되고 있는 것이지요.

다만 그런 존재라 하더라도 우리가 어떤 업을 지으면 그 업은 피할 수 없습니다. 동쪽으로 기운 나무는 쓰러질 때 반드시 동쪽으로 쓰러진다는 것입니다. 다시 말해 개처럼 살면 살아서도 개로 불리고, 죽어서도 개가 될 것입니다. 이것이 윤회라는 관념을 낳은 것입니다. 그러나 그것은 죽은 다음의 일입니다. 윤회가 있다면 지은 업보대로 받을 것입니다. 첨언하면 어떤 사람이 착한 일을 하면 착한 그림자가, 악한 일을 하면 악한 그림자가 그 사람을 따라다닙니다. 그런 것에 신경 쓰기보다는 현실의 삶에 최선을 다하는 것이 중요합니다.

시인 한 가지만 더 묻겠습니다. 그러면 해탈이란 무엇입니까.

스님 윤회의 굴레에서 벗어나는 것을 말합니다. 윤회의 삶이 고통이라고 할 때 다시는 그 굴레에 들어가지 않는 상태를 말하는 것이지요. 쉽게 말해 재생하지 않는 것이 해탈입니다. 그런데 사람들은 재생하지 않는다고 하면 섭섭해하는 것 같습니다. 그러나 정말로 다시 태어나는 것이 그렇게 좋을까요? 이렇게 슬프고 고통스러운 여행을 계속하고 싶을까요? 저는 다시 태어나고 싶지 않습니다. 불교에서는 이를 적멸위락이라고 합니다. 우리의 이웃에서 고생하던 할머니가 사망하면 우리는 슬프기보다는 '참 편안하게 되셨다'고 하지 않습니까.

그건 그렇고 선생님은 죽음에 대해 어떤 생각을 가지고 있습니까. 인생이란 여행과 같다고 했는데 그 종착역인 죽음이 온다면 어떻게 하실 작정입니까.

시인　너무 기습적인 질문이라서 대답을 준비하지 못했습니다. 그렇지만 죽음이라는 것이 언젠가는 닥치는 것이니 담담하게 받아들여야죠. 죽지 않으려고 발버둥치는 것은 욕심입니다. 성실하게 열심히 살았다면 그것으로 만족해야죠. 그렇지만 다른 사람에게 떳떳하지 않은 일을 한 사람은 죽음이 두려울지도 모릅니다. 사실은 저도 거기서 벗어나지 못하고 있습니다만, 죽음을 두려워하지 않고, 죽을 때까지 성실하게 살았다는 말을 들었으면 좋겠다는 꿈을 가지고 있지요.

저도 가끔 죽고 나면 어떻게 될지를 생각해보곤 하는데 죽음은 죽음으로써 끝나는 것이 아니라는 생각이 들어요. 일부는 꽃이 될 것이고, 일부는 나무가 될 것 같아요. 그리고 물도 되고 바람도 될 것 같아요. 그렇게 되면 죽음이 마냥 두려운 것만은 아니고 즐거운 것이 될 수도 있겠지요.

스님　너무 교리적으로 설명한 저보다 훨씬 쉽고 아름답게 윤회를 말씀해주신 것 같습니다. 인생을 여행이라고 볼 때 그 여행의 끝은 죽음일 것입니다. 죽음이 우리에게 찾아온다면, 그리하여

다시 긴 여행을 떠난다면 우리는 꽃이 되고 물이 되고, 또 봄이 되면 꾀꼬리 울음도 될 것입니다. 나중에 우리는 같은 물이 되어 흐르기도 하고, 같은 구름이 되어 날아다닐지도 모릅니다.

시인 다시 현실로 돌아가 말하면 우리는 여행을 하면서 인간이 얼마나 좁은 울타리에 갇혀 살고 있는가를 깨닫게 되는 것 같아요. 사실 우리가 지구라는 울타리에 갇혀 있으니까 이렇게 지지고 볶으며 사는 것이지 우주라는 테두리에서 보면 얼마나 작고 초라합니까. 비행기를 타고 하늘에서 땅을 내려다보면 인간이란 개미보다 작아서 흔적도 보이지 않습니다. 그 속에서 내가 크네, 네가 작네 하는 것은 『장자』에 나오는 비유대로 달팽이 뿔 위에서 서로 다투는 와각지쟁(蝸角之爭)에 지나지 않습니다. 그런 어리석은 집착을 깎아내고 버리는 데는 역시 여행이 제일이지요.

스님 불교의 수행자를 운수납자(雲水衲子)라고 하는데 이는 구름처럼 바람처럼 돌아다니며 특정한 무엇에 집착하지 말라는 뜻입니다. 오늘 말씀을 나누다 보니 선생님은 세속에 사는 운수납자이십니다. 여행을 하면서 인간에 대한 통찰도 다시 하고, 이데올로기의 허망함에 대해서도 깨닫고 하는 것이 결코 말처럼 쉬운 일이 아니거든요.
참, 아까 선생님 말씀 중에 한 가지 물어보고 싶은 것이 있었습니다. 선생님은 최근 사회주의 국가를 여행하면서 사회주의에 대한 환상이 깨졌다고 했는데 그러면 요즘은 자본주의적 가치를 신봉하고 있다는 것인지요.

시인　결코 그런 것은 아니지요. 자본주의는 자본주의대로 더 큰 문제가 있고, 사회주의는 사회주의대로 문제가 있다는 뜻입니다. 제가 말하고 싶은 것은 인간의 삶을 무슨 '주의'로 묶어 놓고 그 개념에 맞춰 살라고 하는 것은 모순과 억압을 초래하게 된다는 것입니다. 저는 이것을 여행을 하면서 뒤늦게 깨달았습니다. 이것이 제가 여행을 하면서 길에서 무엇인가를 얻고, 다시 그것을 길에다가 버린 이유입니다.

스님　그런 경우 불교에서는 뗏목의 비유를 들어 말합니다. 강을 건너면 뗏목은 버려야지 그것을 지고 갈 수는 없다는 것이지요. 예를 들면 우리는 돈이면 최고인 줄 알고 돈 모으는 일에 목숨을 겁니다. 그러다가 나중에는 그것에 예속되고 맙니다. 그러므로 불교는 그 예속에서 벗어나야 깨달음이 이루어진다고 말합니다. 어떻게 보면 우리는 그런 깨달음을 얻기 위해 참으로 먼 길을 오랜 시간 걸어온 셈입니다. 이제 그 길을 돌아보니 허망하기도 하고 재미있기도 하고……

하여튼 우리가 오늘 이야기하면서 얻은 결론은 지금까지 살아온 방식에 대해서 반성이 있어야 한다, 또 얼마 남지 않은 인생이라도 이렇게 살아서는 안 되겠다 하는 점에서 심정적인 일치가 있었다고 봅니다. 인생의 길을 걷다보면 이렇게 뜻밖의 스승을 만나 깨우침도 받고 깨우침을 주기도 하고 그러나 봅니다.

밤이 깊었습니다. 피곤하실 테니 그만 쉬시고 내일 뵙겠습니다. 저는 선생님의 시 '파도'를 음미하며 오늘 제가 했던 말을 다 잊어버리겠습니다.

파도

어떤 것은 내 몸에 얼룩을 남기고
어떤 것은 손발에 흠집을 남긴다
가슴팍에 단단한 응어리를 남기고
등줄기에 푸른 상채기를 남긴다
어떤 것은 꿈과 그리움으로 남는다
아쉬움으로 남고 안타까움으로 남는다
고통으로 남고 미움으로 남는다
그러다 모두 하얀 파도가 되어 간다
바람에 몰려 개펄에 내팽개쳐지고
배다리에서는 육지에 매달리기도 하다가
내가 따라갈 수 없는 수평선 너머
그 먼 곳으로 아득히 먼 곳으로
모두가 하얀 파도가 되어 간다

사랑도 사랑 나름이지
정녕 사랑을 한다면

연연한 여울목에
돌다리 하나는 놓아야

그 물론 만나는 거리도
이승 저승쯤은 되어야

사랑, 그 행복과 고통의 이중주

시인 어젯밤 잠자리에 들기 전 머리맡에 있는 『유마경』이라는 경전이 눈에 띄어서 읽었습니다. 그중에 '길상녀와 흑암녀' 비유가 나오는 대목이 있는데 내용은 이런 것이었습니다.

어떤 사람이 길상녀라는 어여쁜 색시와 결혼을 하게 되었답니다. 첫날밤 화촉을 밝히려고 하는데 창문이 열리더니 검은 옷을 입은 못생긴 처녀가 들어오는 거예요. 신랑이 놀라서 '너는 누구냐, 빨리 나가라'고 했습니다. 그랬더니 그 처녀가 하는 말이 '나는 오늘 결혼한 당신 아내의 동생 흑암녀다. 우리는 원래 떨어질 수 없는 사이다. 언니가 가는 곳에는 반드시 내가 따라가고, 내가 가는 곳에는 반드시 언니가 따라온다. 만약 우리 언니와 살고 싶으면 나도 받아주어야 한다'고 대답을 하는 것이었습니다. 하도 기가 막혀 신부를 쳐다보니 신부가 '동생의 말이 맞다. 만약 동생을 받아들이지 않는다면 나도 이 집을 떠나야 한다'고 말하더랍니다. 그는 할 수 없이 길상녀와 흑암녀를 좌우에 끼고 살아야 했다고 합니다.

저는 이 비유를 읽으면서 참으로 많은 것을 생각했지요. 우리 인생에는 행복과 불행, 사랑과 이별이라는 모순이 항상 공존하고 있습니다. 인생이 원래 그런 것인 줄만 안다면 우리가 느끼는 고통도 절반은 줄어들 것 같다는 생각이 들어요.

스님 도를 깨닫기가 '세수하다가 코 만지기보다 쉽다'고 하더니 선생님이 그런 것 같습니다. 하룻밤 새에 도를 통하셨습니다. 결국 부처님이 그런 비유를 말씀하신 것도 우리가 너무 행복과 사랑에만 집착하는 것이 허망하다는 것을 깨우쳐주기 위해서일 겁니다. 우리는 언제까지 사랑하는 사람과 행복하게 살고 싶어 합니다. 하지만 사랑을 하게 되면 반드시 미움도 생기고, 고통과 불행도 따라오게 마련이지요. 그래서 부처님은 『법구경』에서 이렇게 말합니다.

'사랑하는 사람도 갖지 말라. 사랑하는 사람은 헤어져서 괴롭다. 미워하는 사람도 갖지 말라. 미워하는 사람은 만나서 괴롭다.'

시인 부처님 말씀이 참 훌륭하기는 하나 현실적으로 우리 인간이 사랑과 미움을 떠나서 살기는 어렵다고 봅니다. 인간은 결코 한암고목(寒巖枯木 : 찬 바위 마른 나무)이 아니기 때문입니다. 모르기는 해도 사랑이나 미움의 감정은 스님들에게도 있을 것이라고 생각합니다. 그렇다면 사랑하지도 말고 미워하지도 말라는 당부보다는 좀 적극적으로 사랑은 이렇게 하고 행복은 이렇게 간직하는 것이 좋다고 말하는 것이 어떨까 싶습니다. 그래야 더 설득력이 있지 않겠어요?

스님 참 좋은 지적입니다. 옛날 불교인들도 그런 생각을 했습니다. 그래서 대승불교에서는 자비희사(慈悲喜捨)의 네 가지 마음으로 사랑을 해야 한다고 가르치고 있습니다. 항상 남에게 즐거움을 주는 자(慈), 괴로움과 고통을 덜어주는 비(悲), 즐거움을 함께 기뻐해주는 희(喜), 분별심을 버리고 평등하게 대하는 사(捨)가 그것입니다. 이를 가리켜 사무량심(四無量心)이라고 하는데 우리가 일상에서 이런 사랑을 실천해 간다면 사랑으로 인해 행복해질 수 있다는 것입니다.

대승불교의 이런 가르침을 보다 쉽게 설명하면 '받는 사랑'이 아니라 '주는 사랑'이 인간을 행복하게 한다는 말이 됩니다. 이기적인 사랑이 아니라 이타적인 사랑이 인간을 행복하게 한다는 뜻입니다. 우리는 그동안 사랑이란 받는 것이라고만 생각하고, 주는 것이란 생각에는 매우 인색했습니다. 자기는 남에게 사랑을 주지 않으면서 상대방이 조금만 덜 주어도 섭섭하게 생각해 왔습니다. 받으려고만 하는 것은 이기심이고 탐욕입니다. 탐욕은 아무리 채워도 부족합니다. 갈증이 가시지 않는 것입니다. 사랑은 그런 것이 아닙니다. 사랑은 조건 없이 주는 미소요, 조건 없는 용서요, 조건 없는 믿음입니다.

그런데 우리는 주기보다는 받으려고만 합니다. 여기서 목마름이 생기는 것입니다. 그래서 불교에서는 이것을 갈애(渴愛)라고 합니다. 목마른 사랑이라는 것입니다. 바닷물은 아무리 마셔도 오히려 목이 타듯이, 받기만 하고 주지 않는 사랑은 갈증이 가시지 않는다는 것입니다. 그런데도 사람들은 마치 사랑결핍증에 걸린 환자처럼 주지 않고 받기만 바랍니다. 사랑이 우리를 괴롭게 만드는 이유도 여기에 있을 것입니다.

시인　　그러나 사랑을 주고 싶은데 받지 않으면 괴로워하는 것이 또한 인간 아닌가요. 이런 얘기하기는 좀 쑥스럽지만 저는 어려서 몇 차례 짝사랑을 한 경험이 있습니다. 그러니까 18, 19살 때인데 우리 동네에 사는 저보다 서너 살 아래의 소녀를 무척 좋아했습니다. 얼굴도 곱상하고 예뻤던 것으로 기억됩니다. 내가 그 소녀를 얼마나 좋아했는가 하면 그 아이를 만나기 위해 학교 가는 것도 잊을 정도였습니다. 일종의 짝사랑이었는데 그때로서는 목숨이 왔다 갔다 했습니다. 내가 그 소녀에게 왜 그렇게 끌렸던가는 지금 생각해도 잘 모르겠습니다. 그러나 그 소녀는 결국 나를 선택하지 않았습니다. 그 소녀가 다른 사람을 선택하고 나는 퇴짜를 맞았어요.

그 다음에는 다시 연상의 여자를 좋아했는데, 그건 더 말도 못하는 짝사랑으로 끝났습니다. 어떤 처녀였는가 하면 우리 동네에서 지방 대학을 다니는 여대생이었는데 제가 굉장히 좋아했습니다. 저는 그 처녀에게 편지도 보내고 그랬는데 그녀는 나를 어린

아이로 취급했습니다. 내가 보낸 편지는 다시 돌려보내고, 내가 뭐라고 말을 하면 "야, 까불지 마라. 너는 어린애야. 네 친구들하고나 놀아라." 이런 식으로 내치는 것이었습니다. 내 짝사랑은 이렇게 해서 무참하게 실패로 끝나고 말았습니다. 그때의 고통은 이루 말할 수 없는 것이었지요.

스님　선생님의 짝사랑 연애담은 주기만 하고 받지 못하는 사랑처럼 들리지만 사실은 사랑을 받고 싶다는 것이 전제된 것이라고 봅니다. 역시 주기보다는 받고 싶은 마음이 앞선 것입니다. 그런 사랑은 고통을 가져오는 것이 당연합니다. 사랑은 불교적으로 말하면 애욕입니다. 애욕이란 일종의 감정적 집착입니다. 집착은 필연적으로 소유욕을 불러 옵니다. 이 소유욕이 충족되지 않으면 불행을 느끼고 고통을 느끼게 됩니다.

시인　저는 그런 홍역을 치르면서 자랐습니다만 스님은 어떠했습니까. 물론 스님도 연애 경험이 있을 것으로 추측됩니다. 혹시 목숨을 걸고 사랑하다가 절로 들어온 것은 아닌지 모르겠네요.

스님　저의 경우에는 뭐 연애 경험, 첫사랑이라기보다는 이것도 굳이 실연이라고 한다면 실연의 아픔이라고 해도 좋겠는데요. 그러니까 나이가 15살이었나, 밀양 땅 종남산 은선암에서 소머슴으로 밥이나 얻어먹고 빈들거릴 때 일입니다. 그 첩첩산중 암자에는 칠순의 노스님과 천치 같은 공양주보살, 그리고 저보다 한 살 위인 얼굴이 가무잡잡한 공양주의 딸, 이렇게 네 식구가 살았습니다. 당시 저의 소임은 쇠죽 끓이고 디딜방아 찧고 땔나무도 하고, 노스님이 어쩌다 출타하시면 조석예불과 사시마지를 올리는 일이었는데 예나 지금이나 천부적으로 게을러빠진 저는 그 소임을 제대로 다하지를 못했습니다. 일하다가 꾸벅꾸벅 조는가 하면 예불을 모시거나 마지를 올릴 때도 지성을 다하지 않았습니다. 그랬으니 노스님의 꾸중을 듣지 않는 날이 없었는데, 그 얼굴이 가무잡잡한 공양주의 딸이 타고난 저의 게으름을 사랑했음인지 힘든 일은 언제나 대신해주는 것이었습니다. 말하자면 쇠죽을 끓일 때도, 나무를 할 때도, 디딜방아를 찧을 때도, 예불을 모시거나 마지를 올릴 때도 그녀는 언제나 제 곁에 있었는데 그 가무잡잡한 얼굴에는 땀방울이 송알송알 맺혀 있었지요. 제가 하는 일이 힘들어 보이면 그냥 잠자코 보지를 못하고 그녀가 다 했어요.

그런데 말씀입니다 그해 초겨울, 진눈깨비가 올 듯 말 듯 잔뜩 찌푸린 어느 날 해질 무렵에 무심코 노스님 방에 들어가니 노스님이 당사주 책을 펴놓고 그 앞에 오종종 앉아 있는 공양주보살에게 "천생배필이다. 서둘러 혼사를 치르는 것이 좋아." 하시는 것이 아닙니까. 공양주의 딸을 어느 신도 집에서 머슴살이를 하는 중 늙은이 홀아비에게 시집을 보내라는 것이었습니다.

그 소리를 듣는 순간 이상스럽게 저의 등허리에 식은땀이 주르르 흐르는가 했더니 세상이 캄캄칠야로 변하는 것이었습니다.

그 무렵 노스님은 짬이 나면 심심파적으로 저에게 남녀궁합 보는 법이며 당사주 책이며『초발심자경문』같은 것을 읽게 하고 몇 줄씩 가르쳐 준 일이 있었습니다. 그래 잠시 정신을 가다듬고 노스님이 천생배필이라고 뽑아 놓은 궁합을 들여다보니, 노스님에게 배운 대로 풀이하면 그 궁합은 아주 좋지 않았어요. 그러나 그 자리에서는 말을 못하고 그 다음 날 아무도 몰래 공양주보살에게 귀엣말로 "노스님이 거짓말을 하십니다. 궁합이 아주 나쁩니다. 큰일 납니다." 이렇게 고자질을 했습니다.

그런데 대명천지에 천치바보 같은 공양주보살이 노스님에게 가서 "행자님이 궁합이 좋지 않다고 말했다."고 일러바치고 말았습니다. 아니나 다를까 노스님은 공양주보살에게 "그놈은 아무 것도 모른다."고 하시고는, 저를 부르시더니 "인불언(人不言)이면 귀부지(鬼不知)라, 사람이 말하지 않으면 귀신도 모른다. 그래서 일체유심조(一切唯心造)라 하고 마음을 부처라고 한다. 게을러빠진 놈이 재주는 승(勝)해서 글을 배우면 도적놈 되겠구나." 하고 지엄하게 야단을 치셨어요. 화가 얼마나 나셨는지 노스님의 흰 눈썹이 꿈틀꿈틀거리는 것을 그 암자에 2년 동안 살면서 처음 보았지요.

그 다음 날 저는 누구에게도 하직 인사도 하지 못하고 코가 만 발이나 빠져서 어깻죽지를 축 늘어뜨리고 흐느적흐느적 하산을 했는데, 제가 하산할 것을 지레짐작했는지 그녀가 거기 산모퉁이를 돌아가는 길목에 있는 구불텅한 소나무 등걸에 얼굴을 대고 가느다란 어깨를 들먹거리고 있었습니다. 그때 저의 눈에도 까닭

모를 눈물이 핑그르르 돌아 무슨 말을 하면 울고 말 것만 같아 그동안 고마웠다는, 사랑했다는 말 한마디 못하고 만맥(萬脈)이 다 빠져 내려오고 말았지요.

지금 돌이켜 생각하면 저의 첫사랑이라는 것은 무슨 신기루 같은 것이었다고 할까요. 잘은 모르겠습니다만 아마 그날 그녀가 저를 따라왔더라면 저는 지금쯤 동해안 주문진 앞바다, 그 망망대해 어부가 되었거나 아니면 깊은 산속 초부가 되었을지도 모를 일이지요. 새삼 얼굴이 뜨거워지는군요, 허허…….

시인　　스님은 사랑을 신기루라고 표현하시는데 문제는 왜 우리에게 신기루가 나타나느냐 하는 것입니다. 그것은 아마 '관심' 때문이 아닌가 싶습니다. 김춘수 시인이 쓴 '꽃'이라는 시를 보면 이런 말이 있습니다.

'내가 그의 이름을 불러주기 전에는 그는 다만 하나의 몸짓에 지나지 않았다. 내가 그의 이름을 불러주었을 때 그는 나에게로 와서 꽃이 되었다……'

바로 이것입니다. 내가 관심을 갖기 전에는 그는 하나의 몸짓에 지나지 않았지만 내가 관심을 갖고 사랑을 주었을 때 그는 나에게 와서 꽃이 되는 것이지요.

나에게 꽃이 되는 사랑은 여러 가지입니다. 이성이나 친구만이 아니라 부모와 자식, 스승과 제자 사이에도 사랑의 꽃이 핍니다. 누구는 우리 인생에서 가장 아름답고 듣기 좋은 말이 '사랑'이라고 말합니다. 사실 인생에서 이런 사랑의 꽃이 없다면 우리가 이렇게 아등바등 살 이유가 없는 것 아닐까요. 하지만 현실은 사랑으로 인해 불행해지는 일도 적지 않습니다.

그러면 어떻게 해야 우리 인생이 사랑으로 인해 불행해지지 않고 행복해질 수 있을까. 저도 나이가 들다 보니 가끔 주례를 부탁받기도 하는데 젊은 부부에게 '행복한 사랑'을 말하기에는 아직도 지혜가 부족하다는 생각을 많이 합니다. 혹시 스님이 알고 계신 방법이 있으면 좀 가르쳐 주시지요.

스님　　저라고 뭐 특별한 방법이 있겠습니까. 다만 지금까지 살아온 경험으로 말한다면 사랑은 '서로에게 잘해주기' 아니면 '비위 맞춰주기' 같다는 생각이 듭니다. 우리는 사랑이라는 감정이 생기면 그 사람에게 잘해주기 위해 무척 애를 씁니다.

소설 같은 것을 읽어보면 남자는 여자를 위해 외투를 벗어주고, 여자는 남자를 위해 밤새도록 수를 놓습니다. 서로에게 잘해주기 위해서입니다. 남녀 간의 사랑만이 아니라 모든 사랑과 인간관계가 다 그렇다고 봅니다. 부모와 자식 사이에도 사랑이 있다면 서로에게 잘해주려고 무진 애를 씁니다. 친구 사이에도 좋은 관계를 유지하기 위해서는 서로에게 마음의 상처를 남기지 않기 위해 말도 조심하고 행동도 조심해야 합니다. 그것은 어떻게 보면 서로에게 아부하고 비위 맞추기에 다름 아닙니다.

결국 모든 좋은 인간관계란 이렇게 서로 비위를 맞춰주는 관계라고 할 수 있습니다. 서로의 비위를 맞춰주되 세련되게 맞춰주는 것을 사회에서는 '교양'이라고 합니다. 이렇게 잘해주기를 하다보면 좋은 일이 많이 생깁니다. 남녀 간에는 사랑이 생기고 친구 간에는 우정이, 사제 간에는 믿음이 깊어집니다.

저는 사람에 대한 이런 특별한 감정이 좀 더 범위를 넓혔으면 좋겠다는 생각을 합니다. 굳이 내 가족이나 몇몇 사람에게만 국한할 것이 아니라 보다 많은 사람들이 서로에게 잘해주고 비위 맞추기를 한다면 세상은 그만큼 달라질 것으로 봅니다.

시인 사실 우리의 인간관계는 너무 편협한 면이 많습니다. 너무 내 가족, 내 친구만 찾습니다. 그러다보니 본의 아니게 혈연주의, 지역주의, 학연주의가 깊어집니다. 인류가 경험한 수많은 전쟁이나 민족 간의 분쟁도 결국 편협한 핏줄의식에서 생기는 경우가 아닐까요.

우리나라 사람들은 특히 연고의식이 강한 것 같아요. 외국에 나가보면 우리나라 사람처럼 우리나라 사람 좋아하는 사람도 없습니다. 또 우리나라 사람처럼 우리나라 사람 싫어하는 사람도 없습니다. 외국에 가면 꼭 우리나라 사람들은 우리나라 사람끼리 노는데 그러면서도 우리나라 사람끼리 또 미워합니다. 의외로 편협한 데가 많은 것이 또한 한국 사람들 같아요.

스님 그러나 우리가 느끼는 특별한 사랑의 감정이나 거기에 근거한 연고주의는 사람들의 집착 때문에 생기는 것이지 실체가 있는 것이 아닙니다.

부처님 당시 이런 일이 있었습니다. 부처님 제자 가운데 아난다라는 사람이 있었는데, 아주 미남이고 부드러운 사람이었습니다. 그에게는 유난히 여난(女難)이 많았습니다. 그중 유명한 일화가 마등가라는 여인의 구애사건이었습니다.

마등가는 무당의 딸이었는데 아난다 스님을 한 번 보고 그만 반해버리고 말았습니다. 수행자를 사랑하게 된 그녀는 상사병이 나서 죽게 될 지경이었습니다. 그녀의 어머니는 딸을 위해 몽환약을 써서 아난다의 정신을 잃게 한 후 딸과 결혼을 시키려고 했습니다. 두 사람이 신방을 꾸미려는 순간 부처님이 근처를 지나다 이를 알고 마술을 풀어주었습니다. 부처님은 정신을 차린 마등가에게 이렇게 설법합니다.

"네가 사랑한 것이 무엇이냐? 아난다의 외모냐? 그렇다면 그가 늙어서 등이 꼬부라지고, 피부는 쭈글쭈글해지고, 콧물을 흘려도 사랑하겠는가? 만약 늙고 병들어 추해진 아난다를 사랑하는 마음이 없다면 너의 사랑은 거짓이다."

불교가 이렇게 사랑의 속절없음을 말하는 것은 사람들에게 눈에 낀 콩깍지를 걷어내라는 뜻입니다. 사람들이 사랑 때문에 슬퍼하는 것은 그것이 영원한 것이라고 믿기 때문인데, 그 속성을 안다면 속임을 당해도 억울함과 괴로움은 절반으로 줄일 수 있을 것입니다.

“

김춘수 시인이 쓴 '꽃'이라는 시를 보면
이런 말이 있습니다.
'내가 그의 이름을 불러주기 전에는
그는 다만 하나의 몸짓에 지나지 않았다.
내가 그의 이름을 불러주었을 때
그는 나에게로 와서 꽃이 되었다……'
바로 이것입니다. 내가 관심을 갖기 전에는
그는 하나의 몸짓에 지나지 않았지만
내가 관심을 갖고 사랑을 주었을 때
그는 나에게 와서 꽃이 되는 것이지요.

”

시인　　우리가 스님처럼 사랑의 허무함을 깨달았다면 모두 선사가 됐을지도 모르겠습니다. 하지만 보통 사람은 역시 특별한 사람에게 특별한 감정을 느끼는 것을 좋아합니다. 사랑이란 어떤 사람이 한 사람에 대해 느끼는 '특별한 감정'입니다. 그러니까 수많은 사람 중에서 유독 한 사람만을 좋아하게 되고, 그것을 사랑이라고 부르는 것이지요. 불교에서는 이런 생각을 집착이라고 하면서 사랑을 자꾸 허무한 것으로 말하려고 하는 경향이 있지만, 속인의 입장에서는 그런 주장을 받아들이기가 쉽지 않군요.

제 경험에 의하면 무엇에 집착하고 누구를 사랑할 때 도리어 삶이 활기차져요. 그때 자기의 능력이 가장 크게 발휘되지요. 가령 가장 좋은 시는 누군가를 사랑할 때 쓰입니다. 아주 평범한 내용의 시라도 그것이 누군가에 대한 사랑에 깊이 빠져 있을 때는 극도로 활기 있게 됩니다. 그렇게 본다면 사람이 살아가는 데 있어서 사랑은, 특히 이성에 대한 사랑은 엄청난 힘이 되는 것이 틀림없습니다. 그래서 사랑에 관한 한 종교적 가르침보다는 차라리 만해 한용운이 쓴 '선사의 설법'이란 시가 더 설득력이 높아요.

선사의 설법

나는 선사의 설법을 들었습니다.

"너는 사랑의 쇠사슬에 묶여서 고통을 받지 말고 사랑의 줄을 끊어

라. 그러면 너의 마음이 즐거우리라"고 선사는 큰 소리로 말하였습
니다.

그 선사는 어지간히 어리석습니다.

사랑의 줄에 묶이운 것이 아프기는 아프지만 사랑의 줄을 끊으면
죽은 것보다도 더 아픈 줄을 모르는 말입니다.

사랑의 속박은 단단히 얽어매는 것이 풀어주는 것입니다.

그러므로 대해탈은 속박에서 얻는 것입니다.

님이여. 나를 얽은 님의 사랑의 줄이 약할까봐 나의 님을 사랑하는
줄을 곱드렸습니다.

스님 만해의 시가 아름답기는 하지만 실제로 그렇게 해서는 사
랑에서 생기는 고통을 줄일 수 없습니다. 우리의 개인적 경험을
포함해서 세상의 모든 사랑을 살펴보면 어떤 사랑도 영원한 행복
을 보장해주지 않습니다.

소설을 읽다보면 젊은 남녀가 우여곡절을 겪다가 결혼에 성공하
는 장면이 나옵니다. 우리는 그것을 사랑의 완성, 행복의 시작이
라고 말합니다. 하지만 결혼이 사랑의 완성이라면 결혼했다가 이
혼은 왜 합니까. 결혼생활을 하면서 싸움은 또 왜 합니까. 이렇
게 생각하면 사랑이란 언제나 그 끝이 괴롭고 쓸쓸하지 않은 것
이 없습니다.

여기에서 우리가 깨달아야 할 것은, 연애지상주의자가 들으면 섭

섭하겠지만 이 세상에 영원한 사랑은 존재하지 않는다는 사실입니다. 왜 영원한 사랑이 존재하지 않는가. 모든 것은 제행무상(諸行無常), 즉 변해 가기 때문입니다. 사랑의 대상도 변하고, 나도 변해 가는 것입니다. 그런 점에서 한용운이 쓴 '선사의 설법'은 실제에서는 옳은 법문이 아닙니다. 오히려 한용운에게 설법을 해준 선사의 말씀이 백 번 옳습니다. 사랑이 불변할 것으로 생각하는 것은 어리석은 기대입니다.

시인　하긴 제 경우만 봐도 어릴 때는 부모의 사랑, 형제간의 사랑이 가장 중요했지만 나이가 들면서 이성으로 사랑의 대상이 바뀌었습니다. 그러다가 아내가 낳은 자식을 사랑하고, 다시 친구도 사랑하고 스승과 제자도 사랑하게 됩니다. 그리고 나중에는 며느리와 손자를 사랑하게 되지요. 저는 요즘 손자가 귀여워 그 녀석하고 노는 데 많은 시간을 보냅니다. 이것은 결국 모든 사랑은 언제나 새로운 대상을 찾아 변해 간다는 증거일지도 모르겠습니다.

이성에 대한 사랑도 마찬가지입니다. 아까도 말했듯이 저는 누구를 죽도록 사랑했다고 하더라도 다시 다른 대상이 나타나면 옛날 애인은 금방 잊어버린 적이 한두 번이 아닙니다. 이렇게 본다면 저는 확실히 사랑에 관한 한 굳은 지조 같은 것은 없는지도 모르겠어요. 그래서 영원한 사랑을 말하는 사람을 보면 '아, 나는 지조도 없고 지나친 이기주의자가 아닌가' 하는 회의도 한 적이 있습니다. 사랑이란 로미오와 줄리엣처럼 영원토록 변하지 않고 목숨까지 바쳐야 소설이 되는데 나는 그렇지 못했습니다. 이별을 하고 며칠 동안은 죽을 것 같아도 다시 생생히 살아나서 또 딴 여자를 사귀고, 계속 대상을 바꿔 갔습니다. 그렇다고 제가 특별한 바람둥이냐 하면 그런 것은 아닙니다.

보통사람의 사랑이란 다 저와 같을 것이라고 생각합니다. 그리고 그것에 만족하면서, 또 체념하면서 사는 것이 인생이 아닐까 그런 생각을 합니다.

스님 그래서 저는 젊은 시절의 애정이 이별로 끝난 이후부터 사랑이란 마치 허공에 핀 공화(空華)처럼 실체가 없는 것이라고 생각해 왔습니다. 환상에 사로잡혔을 때는 화려하지만 실제로는 손에 잡히는 것은 없는 것이 사랑입니다. '백담사 만해마을'을 제가 '건달바성(乾闥婆城)'이라고 이름한 이유도 바로 여기에 있습니다. 그 허무한 것에 너무 집착하면 그때는 좋을지 모르지만 나중에 힘들어집니다. 그래서 저는 특별한 한 사람에 대한 사랑보다는 부처님의 대자대비를, 측은지심을 배우려고 애씁니다.

시인 사실 사람들은 흔히 목숨을 다 바쳐 사랑한다고 말하지만 어떤 사랑도 시간이 지나면 잊히지 않는 것이 없습니다. 『접시꽃 당신』으로 유명한 도종환 시인이 쓴 '당신의 무덤가에'라는 시는 죽은 아내에 대한 절절한 그리움과 사랑을 노래한 것으로 유명합니다. 한 번 들어보시겠습니까.

당신의 무덤가에

당신의 무덤가에 패랭이꽃 두고 오면

당신은 구름으로 시루봉 넘어 날 따라 오고

당신의 무덤 앞에 소지 한 장 올리고 오면

당신은 초저녁별을 들고 내 뒤를 따라오고

당신의 무덤가에 노래 한 줄 남기고 오면

당신은 풀벌레 울음으로 문간까지 따라오고

당신의 무덤 위에 눈물 한 올 던지고 오면

당신은 빗줄기 되어 속살에 젖어오네

얼마나 많은 사람들이 이 시를 읽으며 시인의 안타까운 사랑을 동정했는지 모릅니다. 그러나 그런 도 시인도 최근에는 재혼했습니다. 죽은 아내를 언제까지 사랑할 수는 없었던 것이겠지요. 저도 제 아내하고 사별을 한 뒤 중매결혼 했습니다. 솔직하게 말하면 죽은 아내가 참 오랫동안 그립고 그렇지는 않았습니다. 미안한 말이지만 어쩔 수 없는 일이었습니다. 옛말에 '눈에서 멀어지면 마음에서 멀어진다'고 했는데 그것이 맞는 말인 것 같아요.

그러나 이렇게 '이 세상에 영원한 사랑이란 없으니 거기에 집착하지 말라'고 하면 좀 복잡한 문제가 생길 수도 있습니다. 스님은 영원한 사랑이란 존재하지 않는 것이니 이기적 사랑보다는 모든 사람을 사랑하는 이타적 사랑으로 확대하라는 쪽으로 말씀하시는데, 하지만 자칫하면 그것은 세속사회에서 전혀 다른 결과를 가져올 수도 있습니다. 사랑의 순결성을 부인하는 근거가 된다는 것입니다.

어떤 잡지를 보니 요즘 40대 이하 젊은 부부들은 아내나 남편 외에 다른 애인을 갖는 것이 유행이라고 합니다. 기혼남녀가 연애를 하고 있다는 얘기지요. 이것은 우리 사회가 보다 향락적으로 변해 간다는 증거이기도 해요. 이런 터에 사랑이란 영원한 것도 아니고, 대상도 변하는 것이라고 한다면 기혼남녀의 연애나 혼외정사 같은 것을 부도덕하다고 말할 근거가 없어집니다. 실제로 요즘 사람들은 결혼관이나 가치관이 변해서 그런지 이혼율도 매우 높습니다. 계약결혼, 동거와 같은 것이 다반사가 되고 있습니다. 이 것을 개인적 자유의 문제로 방치하면 어떤 일이 생길지 아무도 모릅니다. 우리는 흔히 일반적인 도덕의 잣대로는 이 문제를 비난하지만 사랑이란 원래 변하는 것이라면 비난의 대상이 될 수 없다는 주장이 나와도 할 말이 없습니다.

얼마 전에는 부부끼리 대상을 바꾸어서 성관계를 하는 스와핑인가 뭔가 하는 일이 생겼다고 난리가 나기도 했습니다. 이런 문제를 포함해서 우리는 배우자에 대한 도덕적 책임문제, 사랑과 성의 문제 등을 다시 생각해 보아야 할 것 같아요.

스님　매우 중요한 지적입니다. 부처님은 이에 대해 기본적으로 배우자 이외의 대상과 갖는 혼외정사를 도덕적으로 옳지 못하다고 보았습니다. 그래서 계율을 정할 때도 출가수행자는 아예 음행 자체를 금하는 불음계(不淫戒)를 설하고, 재가자에게는 배우자 이외의 관계를 불허하는 불사음계(不邪淫戒)를 설했습니다.

불사음계의 취지는 배우자에 대한 도덕적 책무의 강조라 할 것입니다. 여기서 말하는 도덕적 책무란 남의 시선을 의식해서 하지 말아야 한다는 것이 아니라 인간의 본성적 청정심을 지키기 위해서입니다.

시인　기왕 말이 나온 김에 한 가지 더 생각해볼 일은 '사랑과 성(性)'의 문제입니다. 저는 우리가 이성에 대해 사랑의 감정을 느끼는 것은 결국 성욕과 관계가 있다고 봅니다. 만약 우리가 이성에게서 성적 욕구를 못 느낀다면 사랑이 성립되기 어렵겠지요. 저는 남녀 간의 사랑은 본질적으로는 성욕과 무관하지 않다고 봅니다. 아름다운 이성을 보면 성욕을 느끼고, 그것이 사랑으로 변하게 되는 것이라고 봅니다. 어떤 사랑은 정신적 사랑을 말하기도 합니다만 사랑에서 성이 빠져 버린다면 그 사랑은 오래가지 않을 것입니다. 그러므로 사랑은 감정의 문제만이 아니라 성욕의 문제와 결부된다고 보아야 한다는 것이 저의 생각입니다.

이에 대해서는 스님에게 물어보고 싶은 것이 많습니다. 도대체 불교에서는 왜 성욕을 억제하라고 하는지요. 스님들은 왜 결혼을 하지 않고 혼자 사는 것인지도 궁금합니다.

스님　　성욕은 모든 욕망의 근본입니다. 불경에 따르면 인간에게는 재색식명수(財色食名睡) 다섯 가지 욕망이 있다고 합니다. 재물과 이성, 음식과 명예, 수면에 대한 욕심을 말하는데 이것이 충족되면 인생은 즐거운 것이라 해서 오욕락(五慾樂)이라고 합니다. 모든 인간은 이 욕망의 충족을 위해 행위하는데 그것이 대개는 나쁜 결과를 초래한다는 것입니다. 우리의 삶을 돌아보면 이 욕망의 충족을 위해 참 고약한 일을 많이 합니다. 재물을 얻기 위해 도둑질을 하고, 색욕의 충족을 위해 강간도 서슴지 않는 것이 인간입니다. 아마도 결혼제도는 성범죄를 예방하기 위한 사회적 합의라고 해도 무방할 것입니다.

그러나 이런 제도도 인간의 욕망이 해소되지 않는 한 언제든지 문제를 초래할 수 있습니다. 그것은 불교에서 우려하는 악순환, 즉 윤회를 가져오는 원인이 됩니다. 그 원인을 단절시켜 윤회에서 해탈하라는 것이 불교의 가르침입니다. 출가 수행자가 독신의 길을 가는 것은 더 이상 윤회의 원인을 만들지 않겠다는 것이지요.

시인　　무슨 말인지 그 뜻은 알겠습니다. 그러나 성욕은 종족보존의 수단이기도 합니다. 그것을 무조건 억제하라고 하는 것은 이해가 잘 안 갑니다. 또 이성에 대한 욕망을 어떻게 억제할 수 있는지도 의문입니다.

스님　『빈두라경(賓頭羅經)』이라는 불경이 있는데 여기에 아주 흥미로운 얘기가 있습니다. 이 경은 우데나라는 왕이 '수행자들도 이성에 대한 욕망이 불꽃같을 터인데 어떻게 들짐승과 같은 성욕을 해결하는지'가 궁금하다면서 빈두라 존자에게 이 문제에 관해 질문한 데서 시작합니다. 사실 이성에 대한 욕망은 인간의 본능이라서 무조건 억제한다고 없어지는 것이 아닙니다. 마치 강물이 범람하면 넘치듯이 욕망도 억제만 하면 언젠가는 넘치고 맙니다. 사정이 이렇다면 속인의 입장에서는 수행자들이 어떻게 이성에 대한 욕망을 억제하며 사는지가 궁금하지 않을 수 없습니다. 우데나 왕은 좀 짓궂지만 이 점을 물어보았던 것입니다.

이에 대해 빈두라 존자는 매우 솔직한 대답을 하고 있습니다. 수행자에게도 이성에 대한 욕망은 있지만 세 가지 방법으로 극복하고 있다고 말합니다. 첫 번째 단계는 도덕적 훈련을 하는 것입니다. 즉 이성을 볼 때 어린 여성은 누이동생이라 생각하고 나이든 여성은 누님이나 어머니로 생각합니다. 아무리 욕망의 불꽃이 거세다 한들 자식이나 누이동생을 범할 수는 없는 일입니다. 이렇게 하면 최소한의 도덕적 한계는 무너뜨리지 않을 수 있습니다.

두 번째 단계는 욕망의 허망함에 대해 깨닫는 명상을 하는 것입니다. 아무리 예쁜 미녀도 사실은 똥주머니에 불과합니다. 미녀도 죽으면 백골이 됩니다. 미녀가 아니라 똥주머니나 백골을 안고 잔다는 생각을 한다면 욕망은 반감된다는 것입니다.

세 번째 단계는 감각기관의 문을 단속할 줄 아는 것입니다. 이는 매우 전문적인 훈련을 받은 사람이나 가능한 단계인데 이 단계에 이르면 모든 욕망의 대상으로부터 자유롭게 됩니다. 불교의 성자들이 도달한 단계가 여기입니다.

시인　　참 좋은 법문을 들은 것 같습니다. 성개방 풍조가 지나쳐서 문제가 되는 사회에서 종교의 가르침은 여러 모로 유용한 것이라고 봅니다. 특히 어린 여성을 누이동생으로 보라는 말은 '영계'만 찾는 짐승 같은 사람들에게 꼭 들려주고 싶은 가르침이군요. 여기에 덧붙여 저는 남녀 간의 사랑은 사랑하는 상대에 대해서 최대한 성실해야 한다는 점을 강조하고 싶습니다. 이것은 제 생각입니다만 최소한 사랑하는 동안에는 상대방을 속이고 거짓말을 하거나, 인간으로서 못할 짓을 해서는 안 된다는 것입니다. 혼외정사나 기혼남녀의 연애나, 스와핑 문제도 마찬가지입니다. 그것은 사랑하는 상대에 대한 성실의 의무를 저버리는 행위니까요. 사랑하는 동안에는 상대방에게 최선을 다해야 합니다.

그런데 사랑하는 동안에 최선을 다하라니까 어떤 바람둥이는 카사노바가 그런 사랑을 했다며 자신의 행위를 정당화하려고 합니다. 카사노바는 수많은 애인들을 사랑했는데 매순간 그 사람에게 최선을 다해 사랑하고 헌신했다는 것입니다. 즉 바람둥이는 매순간 진실한 사랑을 한다는 것입니다.

그러나 그런 것이 과연 정상적인 정신 상태를 가진 사람으로서 가능한 것인지는 다시 생각해보아야 합니다. 적어도 인간의 감정으로 누구를 진실로 사랑한다면 그런 일은 불가능합니다. 그것은 위선이고 말장난에 불과합니다. 누구를 사랑한다면 그 사랑하는 사람에 대해서 최선을 다해야 하는데 매번 사람을 바꾸어서 그렇게 한다는 것은 결국 아무도 진실하게 사랑하지 않는다는 말이 되고 맙니다.

사랑의 감정을 너무 자기중심주의, 이기주의, 자기 편리대로 생각하는 것은 옳지 않은 것 같아요. 사랑은 어디까지나 상대가 있는 것입니다. 상대를 배려하지 않는 사랑은 차라리 폭력입니다. 사랑을 하려면 최소한 이런 정도는 돼야 할 것입니다.

사랑의 거리

사랑도 사랑 나름이지
정녕 사랑을 한다면

연연한 여울목에
돌다리 하나는 놓아야

그 물론 만나는 거리도

이승 저승쯤은 되어야

이 시는 스님의 시집 『절간 이야기』에 실린 '일색변 5'입니다. 이런 영원성, 마음의 다짐과 약속이 없다면 그것은 사랑이 아닐 겁니다. 서로 사랑하니까 이제부터는 다른 대상을 쳐다보지도 말자, 살아가는 동안에는 우리 둘에게만 충실하고 헌신하자고 약속하는 것입니다. 그 약속이 바로 결혼이 아닌가 싶습니다.

그런데 가끔은 이 약속을 어기는 경우가 생깁니다. 이른바 결혼한 사람이 다른 사람과 사랑하는 경우입니다. 이는 비난받아 마땅하겠지요. 그러나 이것을 법으로 다스리기에는 좀 어색한 점이 있는 것 같습니다. 혼인한 사람이 순결의 의무를 지켜야 하는 것은 당연하지만 그것을 깨뜨렸다고 처벌하는 것은 지나친 것이 아닌가 싶습니다. 간통이 결혼을 지속시킬 수 없는 조건이라면, 이혼을 하는 근거로 삼고 그 원인을 따져 법률적 배상을 시키는 것은 이해가 가지만 처벌까지는 아닌 것 같습니다.

스님　사랑을 상대방에 대한 약속이라고 할 때 따르는 문제는 '책임'입니다. 흔히 처녀총각이 연애를 하다가 헤어질 때, 또는 결혼생활을 하다가 이혼할 때 서로 상대방에게 책임지라고 하는 말에는 육체적 순결만이 아니라 정신적인 것까지 포함된 것이 아닌가 싶습니다. 그러나 어디까지 책임져야 할지는 그 한계를 정하기가 쉽지 않습니다. 결혼서약 때 '죽음이 두 사람을 갈라놓을 때까지'라고 말하지만 사랑이 식었는데 약속과 책임 때문에 사랑의 관계를 억지로 지속시켜야 하는 것은 당사자에게는 매우 고통스러운 일이 될 것입니다.

어쨌든 사랑이란 혼자 하는 것이 아니라 상대방과 같이 만들어내는 이중주입니다. 그러므로 서로에게 상처를 남기는 일이 없도록 신중하게 처신해야 할 것입니다. 한때 서로 사랑했던 사람들이 무슨 문제가 있어서 법정으로 가는 모습을 보면 참으로 안타깝습니다. 당사자들이야 그럴만한 사정이 있겠지만 법률로써 상대방에게 책임을 묻는 것은 '사랑의 종말'로서는 너무 희극적인 모습이라는 생각이 듭니다.

시인　사랑과 결혼이 파탄 나는 이유는 여러 가지일 것입니다. 그러나 사랑하는 사람에 대한 약속과 책임을 지키지 않는 것은 표면적인 이유라고 봅니다. 더 근본적인 것은 자중자애(自重自愛)가 부족한 까닭이 아닌가 싶습니다. 곰곰이 따져 보면 모든 사랑은 자기애(自己愛)의 다른 표현입니다. 내가 누구를 사랑한다는 것은 사랑한 만큼 사랑받을 것을 알기 때문입니다. 그런데 이 자기애가 부족하니까 배우자에게 충실하지 못하고, 그것이 마침내 사랑의 파탄을 불러오는 것이지요.

스님　부처님 당시 파세나디라는 왕이 있었는데 어느 날 왕비인 말리부인과 산보를 하다가 '당신은 이 세상에서 누구를 가장 사랑하느냐?'고 물었답니다. 왕은 당연히 '당신을 가장 사랑한다'는 답이 나올 줄 알았지요. 그러나 왕비는 '나 자신을 가장 사랑한다'고 대답하는 것이었습니다. 왕은 처음에는 불쾌하고 섭섭했으나 곰곰이 생각하니 왕비의 솔직한 대답이 하나도 틀린 것이 없었습니다. 생각해보니 자기도 가장 사랑하는 것은 아내가 아니라 자기 자신이었던 것입니다.

사람은 이렇게 누구나 자기 자신을 남보다 사랑합니다. 문제는 어떻게 하는 것이 정말로 자신을 사랑하는 방법인가 하는 것인데 그것은 스스로를 괴롭히지 않는 것이어야 합니다. 스스로를 괴롭히지 않으려면 다른 이를 미워하지 말아야 해요. 모든 책임을 타인에게 돌리면 미움의 감정이 생겨 자신을 괴롭히게 되지요. 그러나 자신에게 돌리면 스스로 용서를 하고 맙니다. 그래서 정말로 자기 자신을 사랑하는 사람은 남을 원망하지 않고 끝까지 용서하고 사랑하려고 합니다. 남을 이해하고 용서하는 마음은 결국 나를 편하게 하거든요. 이것이 바로 부처님이 가르친 '원망을 낳지 않는 사랑법'입니다.

시인　그러한 사랑을 가장 잘 보여주는 것이 부모의 자식사랑 아닐까요. 자식은 부모를 원망해도 부모는 자식을 원망하지 않습니다. 아파트에 홀로 버려진 할머니가 자식이 욕 먹을까봐 숨기는 모습을 보며 부모의 자식사랑이 저런 것이구나 하는 것을 다시 깨닫게 됩니다.

이에 비해 자식의 부모사랑은 의무감에서 하는 것 같습니다. 제 경험에 의하면 부모에 대한 사랑은 의무감이 따르는 것 같고, 자식에 대한 사랑은 맹목적인 것 같습니다. 흔히들 '치사랑은 없어도 내리사랑은 있다'고 하는데 이 말에는 어느 정도 진실이 담겨 있다고 봅니다.

저도 어찌 보면 불효자입니다만 그래도 아버지도 모시고 어머니도 모셔보았습니다. 아버지를 모실 때는 고생 꽤나 했지요. 아버지는 돌아가시기 6년 전쯤에 중풍으로 쓰러지셨고 거기다가 할머니는 노망이셨습니다. 그랬으니 얼마나 힘들었겠습니까. 사실 나는 그때 아버지를 굉장히 미워했습니다. 말하자면 의무감으로 모셨던 거지요. 그러나 자식에 대해서는 별로 섭섭한 것도 없고 도리어 못해준 것이 없나 하는 마음이 있습니다. 부모에 대한 생각과 자식에 대한 생각이 이렇게 다릅니다.

스님 이런 고사가 있습니다. 공자의 제자 민자건(閔子騫)이란 사람은 어려서 어머니를 여의고 계모 밑에서 자랐답니다. 계모는 세 형제를 낳았습니다. 어느 날 민자건이 수레를 끌면서 벌벌 떨고 있는 것을 본 아버지가 민자건의 옷을 살펴보니 솜으로 누빈 것이 아니라 갈대꽃을 넣은 것이었답니다. 아버지는 괘씸하게 생각하고 계모를 쫓아내려고 하자 민자건이 아버지 앞에 꿇어 앉아

'모재일자한(母在一子寒)'이나 '모거삼자한(母去三子寒)'이니 어머니를 용서해 달라'고 말했답니다. 어머니가 집에 있으면 자기만 떨면 되지만, 어머니를 내치면 동생 셋이 떨게 되니 용서를 하라는 것이었습니다. 참으로 속 깊은 효자가 아닌가 싶은데, 사실은 선생님도 문단에서 효자로 소문난 분입니다. 지난번 만해축전 때도 어머니가 병환 중이라고 올라가시던데, 그런 효자가 아버지를 미워했다니 좀 의외입니다.

시인　우리 아버지는 금융조합 부이사를 지냈었지요. 시골에서는 제법 돈벌이가 되는 직장에 다녔지요. 그럼에도 불구하고 거기에 만족하지 못하고 금광을 하기도 하고 화약 장사 같은 것을 해서 돈도 꽤 벌었지요. 아버지는 노름도 여자들도 많이 따랐어요. 금광 주변에는 술집 여자들이 많았는데 아버지는 그 여자들과 살림도 차리고 툭하면 어울려 놀았지요. 그랬으니 제가 얼마나 아버지를 싫어했겠습니까. 아버지처럼 살지 말자, 이것이 어릴 때의 좌우명이었습니다. 저는 지금도 도박은 안 하고 바람도 비교적 덜 피우는데, 그것이 다 아버지한테서 거꾸로 배운 것이지요. 아버지가 하신 것 중에 오직 한 가지 잘 따라하는 것이 있는데 그것은 술 먹는 것입니다.

그런데 그렇게 싫어하는 아버지가 나이가 들어 중풍으로 쓰러지자 할 수 없이 모셨습니다. 그동안 고생한 어머니를 더 고생을 시켜 드릴 수가 없어서 아버지 모시고 서울로 올라오라고 해서, 한

6년쯤 제가 수발을 했습니다. 저는 어려서부터 함부로 사시는 아버지가 무척 싫었습니다. 그래도 중풍에 걸려 고생하시는 것이 불쌍해서 술 먹고 집에 늦게 들어갈 때 아버지 잡수시라고 군고구마 같은 걸 사 가지고 가기도 했습니다. 거의 의무감 때문이었습니다. 그런데 그 의무감이 사실은 나를 편안하게 해주는 것이었습니다. 만약 내가 의무감도 없고, 아버지도 모시지 않았다면 정말 많이 후회했을 겁니다. 이것도 일종의 자기애라고 할 수 있을 것인데 그로 인해 고생은 했지만 마음은 아주 편합니다. 어쨌거나 이로 미루어본다면 부모에 대한 사랑은 사랑보다는 의무가 강합니다.

스님   저는 자식을 길러보지 않아서 잘 모르겠습니다만 부모된 사람들의 말을 들어보면 자식에게는 무엇을 주어도 아깝지 않다는 것입니다. 손가락이라도 잘라서 주고 싶은 것이 부모의 사랑이라고 합니다.

자식사랑 얘기가 나오면 생각나는 고사가 있습니다. 중국에 제오륜(第五倫)이라는 재상이 있었는데 그는 공평한 사람으로 소문이 났습니다. 친구가 당신은 참 공평하다고 하자 그는 스스로를 공평하지 않다고 했습니다. 그 이유를 물었더니 '조카가 아플 때는 매일 아침저녁 병문안을 갔다 와서 식사를 했는데, 자식이 아플 때는 방문을 열고 들여다보지는 않았지만 밥도 못 먹고, 잠도 못 잤기 때문'이라는 것이었습니다. 이것이 자식을 둔 부모의 마음일 것입니다. 이러한 마음을 불교에서는 보살이 중생을 생각하는 마음이라 합니다.

그런데 이렇게 사랑하는 자식을 둔 부모가 이혼하는 것을 보면 참 모질다는 생각이 듭니다. 그 자식은 결국 결손 가정에서 자라야 하는데, 자식 입장에서는 청천벽력도 그런 벽력이 없을 겁니다. 자식을 위해서도 부부는 행복한 결혼생활을 해야 할 의무가 있습니다. 이것은 자식에 대한 부모의 의무이자 책임에 속하는 문제이기도 합니다.

시인　　의무감과 책임감은 사랑을 구성하는 중요한 요소입니다. 의무와 책임을 다하는 것에서 사랑이 더 아름답게 완성된다고 한다면 그것은 장려되고 칭찬해야 할 일이지 비아냥거릴 일은 아닙니다. 사실 우리는 사랑의 의무를 저버리는 사람들을 아무도 두둔하지 않습니다. 그렇게 되면 삶의 질서가 무너지게 됩니다.

자기 멋대로 하는 방종은 참다운 자유가 아니듯이 사랑에도 적당한 자율적 규제가 있어야 하겠지요. 세상에서는 가끔 '내가 하면 로맨스, 남이 하면 불륜'이라는 말을 하는데 이것은 자기는 규제하지 않으면서 남에게만 그런 것을 요구할 때 생기는 현상이라고 봅니다. 자기에게 아량을 베풀고자 한다면 남에게도 아량을 베풀어야 하고, 남에게 엄격하면 자신에게도 엄격해야 합니다. 모든 잣대가 공평무사해야지요.

스님　미당 서정주는 자기 인생에서 8할은 바람이었다고 했는데 이를 모방해서 말하면 우리 인생에서 8할까지는 모르겠으나 5할 이상은 사랑이 지배한다고 보아야 할 겁니다. 문제는 그 사랑을 어떻게 가꾸느냐 하는 것인데 그것은 앞에서도 말했듯이 받는 사랑이 아니라 주는 사랑을 해야 한다는 것입니다. 경험적으로 말하면 사랑은 받는 것보다 주는 것이 더 쉽습니다. 주는 것은 내 마음이지만, 받는 것은 받고 싶다고 해서 내 마음대로 되지 않기 때문입니다.

그런데 우리는 그 쉬운 방법은 놔두고 사랑받고 싶다는 욕심을 내다가 불행해지는 일이 더 많습니다. 우리가 사랑으로 인해 행복해지려면 사랑을 받기보다 주는 일을 잘 해야 한다고 봅니다. 사랑받던 사람은 나중에 사랑이 없으면 굉장히 힘들어합니다. 인기 연예인의 말을 들어 보면 그들은 잠시라도 대중의 관심이나 사랑에서 벗어나게 되면 견딜 수 없다고 합니다. 주목받는 데 익숙하다가 주목받지 못하면 일종의 금단현상이 생기는 것입니다. 허무에 대한 집착은 이렇게 병을 가져옵니다.

저는 우리 인생에서 사랑이 허무한 것이 아니라 의미 있는 것이 되도록 하기 위해서는 종교적 사랑을 배우는 것이 중요하다고 봅니다. 우리는 참으로 많은 사랑을 간직하고 있습니다. 연민과 동정, 자비가 그것입니다. 이를 자가보장(自家寶藏)이라고 합니다. 그런데 자기 가슴 속에 이 무한한 사랑을 감춰 놓고 남에게 주기보다는 받으려고만 하는 데서 복잡한 문제가 생깁니다. 사랑은 샘물 같아서 남에게 줄수록 언제나 넘쳐흐르지만, 받으려고만 하면 오히려 목이 마르게 됩니다. 사랑은 나눠줄 때 보배지, 숨겨두면 세월 따라 없어지고 맙니다. 사랑은 받기보다 아낌없이 주어야 행복해지는 속성을 가진 보물입니다. 이 보물을 제대로 쓰는 것이 우리가 할 일일 것입니다.

시인　사랑은 뜨거울수록 좋다고 말하는 사람이 많은데 저는 생각이 다릅니다. 저는 사람들이 너무 뜨겁다가 금방 식기보다는 은근하고 오래가는 그런 사랑을 했으면 좋겠습니다. 꽃향기를 맡을 때 너무 코끝에 가깝게 대면 향기가 아니라 악취가 느껴집니다. 꽃향기는 한 발자국 떨어져서 맡아야 은은함을 느낄 수 있습니다. 사랑의 향기도 마찬가지입니다. 그러나 또 너무 멀리 떨어진다면 아예 향기를 맡을 수 없습니다. 무엇이든 적당해야지 지나치거나 모자라면 문제가 생긴다는 말입니다.

스님　선생님은 불교에서 말하는 중도(中道)를 너무 쉽게 설명하는 것 같습니다.

시인　과찬이십니다. 오늘은 사랑이 무엇인지 잘 모를 것 같은 스님에게 오히려 많은 것을 배웠습니다. 감사합니다.

풀잎은 풀잎으로 풀벌레는 풀벌레로
크고 작은 푸나무들 크고 작은 산들짐승들
하늘 땅 이 모든 것들 이 모든 생명들이

하나로 어우러지고 하나로 어우러져
몸을 다 드러내고 나타내 다 보이며
저마다 머금은 빛을 서로 비춰주나니

환경, 보존이냐 개발이냐

시인　　백담사계곡은 전국에서도 가장 깨끗하고 아름다운 계곡일 것입니다. 저는 여행을 좋아해서 여기저기 잘 돌아다니는데 백담사계곡만한 곳은 보지 못했습니다. 절이 있는 곳에 이렇게 좋은 계곡이 있어서 참 다행입니다. 옛날 스님들은 안목이 참 탁월했던 것 같습니다. 어디를 다녀보아도 좋은 곳에는 다 절이 있습니다.

스님　　풍광이 아름답기로 말하면 백담사계곡 말고도 많이 있습니다. 제가 다녀본 계곡 중에도 동해로 내려가면 주문진 쪽은 소금강계곡이 좋고, 그 밑으로는 삼척 두타산의 무릉계곡, 울진 불영사의 불영계곡, 포항 보경사의 내연산계곡이 아름답습니다. 가야산에는 홍류동계곡, 지리산으로 가면 뱀사골을 비롯한 여러 계곡이 좋습니다. 내륙지방으로 올라가면 충주 쪽에 화양계곡이 좋습니다. 설악산만 해도 내설악의 백담사계곡 말고 외설악의 비선대계곡, 남설악 미천골계곡이 다 천하절경입니다. 그러나 이제는 이런 계곡들이 다 망가졌습니다. 위락시설이 들어서고 사람들이 찾아와 자연을 그냥 내버려두지 않습니다. 그중에 유일하게 잘 보존된 것이 백담사계곡입니다. 국립공원 사무소에서 사람들의 계곡 출입을 막은 덕분에 이렇게 좋은 계곡을 유지할 수 있었다고 봅니다.

전국에 깨끗하게 잘 보존된 계곡의 등수를 매기라면 백담사계곡이 단연 1등으로 뽑힐 겁니다. 다른 계곡은 풍광은 좋은데 많이 망가졌습니다. 좋다고 소문만 나면 사람들이 찾아와 마구 짓밟고 훼손하기 때문입니다. 그래서 요즘은 신문이나 텔레비전에 좋은 산과 계곡이 있다고 기사가 실리는 것을 보면 겁이 납니다. 소문만 나면 곧 망가지게 되니 차라리 보도를 하지 않았으면 어떨까 싶습니다.

시인 계곡이 망가지는 것을 보면 사람들이 얼마나 환경을 못살게 구는가를 알 수 있어요. 사람들은 자연을 가만히 놔두지 않아요. 좋은 곳이 있다 싶으면 금방 파헤쳐 집 짓고, 개발하느라고 난리법석입니다. 문명의 역사가 바로 개발의 역사라고는 하지만 그렇다 해도 너무한다는 생각이 들 때가 참 많습니다. 이렇게 가다가는 우리가 자연으로부터 언제 보복을 당할지 모릅니다.

자연은 우리에게 한없는 안식과 평화를 주지만 한 번 분노하면 인간에게 걷잡을 수 없는 재앙을 주지요. 요즘 들어 기상이변이 일어난다든가 하는 것은 모두 자연이 우리에게 보복을 시작한 신호로 보아야 한다는 생각이 들어요. 그런 점에서 요즘 우리들이 자연을 마구 훼손하는 것을 보면 자꾸 무섭다는 생각이 듭니다.

스님　　산에 살다보면 자연의 움직임에 대해 여러 가지로 관찰할 기회가 많은데 자연은 복원력이 매우 뛰어난 것 같습니다. 몇 해 전, 고성 지역에 산불이 나서 졸지에 나무와 숲이 다 망가졌습니다. 지난 봄, 그쪽으로 지나는 길이 있어 일부러 산에 올라가 보았더니 벌써 풀이 나기 시작하고 나무에 싹이 돋는 것이었습니다. 물론 옛날처럼 무성한 숲이 되려면 몇 십 년을 더 기다려야 하겠지만 그래도 자연이 복원되는 것을 보면 자연의 생명력에 새삼 감탄하게 됩니다.

시인　　강원도 지방에 불탄 산이 복원을 시작했다니 참 반가운 일입니다. 그러나 그것은 아마도 나무만 불에 탔지 땅 자체가 파헤쳐지지 않았기 때문이겠지요. 그래서 시간이 지나면 복원이 가능한 것이지요. 그러나 복원 자체가 불가능하게 파괴되는 경우는 정말 보기에도 안타깝습니다. 서울을 비롯한 대도시의 경우를 보면 여기저기 개발하느라고 산을 깎고, 굴을 뚫고, 길을 내기 위해 자연을 마구 파헤칩니다. 사람이 편하게 살기 위해 자연을 훼손하는 것인데, 자연도 생명이라고 할 때 파헤쳐진 산, 허리 잘린 산을 보면 미안한 생각이 들 때가 많습니다. 인간의 개발 욕심 때문에 파헤치는 자연은 치유와 복원이 불가능합니다. 개발에 더 신중해야 할 필요가 있어요.

스님　사람이 살다보면 자연을 훼손하는 것이 불가피한 측면이 아주 없는 것은 아닙니다. 그러나 그것이 도를 넘으면 화를 불러오게 됩니다. 인간의 욕심에 맞추어 자연을 개발하다 보면 나중에는 우리에게 큰 혜택을 주어온 자연 자체가 없어질지도 모릅니다. 이것이 문제입니다. 서울과 같은 도시에 들어가 보면 이 말이 실감납니다. 개발론자들은 손바닥 만한 땅만 있어도 집을 짓느라고 난리법석입니다. 이것이 이른바 부동산 개발입니다.

이제 도시는 산도 없고 숲도 없고 있는 것은 오로지 고층 빌딩과 아파트뿐입니다. 그런 곳에서 인간이 숨을 쉬고 산다는 자체가 신기할 정도입니다. 저는 서울에 가서 며칠만 돌아다녀도 가슴이 답답하고 숨이 막혀 금방 산으로 돌아와야 합니다. 그런데도 서울 사람들은 그것을 참고 살고 있으니 인내심이 대단하다고 해야 할지 불쌍하다고 할지 모르겠습니다. 그나저나 요즘 서울에서는 북한산 관통도로 문제로 시끄럽다는데 어떻게 되어가고 있는지 궁금합니다.

시인　북한산 문제와 더불어 천성산 고속철도 터널 문제가 큰 이슈가 되고 있습니다. 이 문제는 불교계에서 강력하게 반대하고 있어서 스님들이 더 잘 아실 줄 알았는데……. 잘은 모르겠습니다만 이 문제는 아직 어떤 결론이 난 것 같지는 않습니다. (그 뒤 정부 방침 쪽으로 결정되었음) 이에 대해 스님은 어떤 생각을 가지고 계신지요?

스님　글쎄요. 워낙 이 문제는 이상과 현실, 개발과 보존의 문제가 심각하게 대립된 것이라서 무엇이라고 말하기가 어렵습니다. 이상적으로 말하면 환경을 지키는 것이 당연하고 현실적으로 보면 개발의 편리와 이익 때문에 마냥 반대만 할 수도 없습니다. 그야말로 진퇴유곡이라 해야 할 것입니다.

그렇지만 한 가지 분명한 것은 개발이든 보존이든 간에 그것이 생명을 살리고 환경을 살리는 길이어야 한다는 것입니다. 인간이 잘산다는 것은 생명과 환경이 잘 지켜져야 가능한 것이지 그것을 훼손하고서는 결코 잘살 수 없습니다. 아까 선생님이 말씀하신 대로 인간이 지나치게 욕심을 부리면 자연은 금방 우리에게 재앙을 가져다줍니다. 지난 여름 수해가 났을 때도 수해 지역을 살펴보면 개발이익 때문에 물줄기를 돌리고 자연적 흐름을 막았기 때문에 인재가 더 컸습니다.

불교계가 환경문제에 관심을 갖고 이러 저런 주장을 하는 것은 이제 환경문제는 더 이상 방치할 수 없는 수준에 왔다는 것을 말합니다. 새만금 문제로 수경 스님과 문규현 신부가 삼보일배(三步一拜)를 한 것이라든가 천성산 관통도로 문제로 지율 스님이 45일간 단식을 한 것은 환경파괴에 무감각해지는 우리 사회를 향한 경고라고 보면 됩니다.

시인　인간이 살아온 과정을 보면 자연의 혜택을 받으면서 한편으로는 자연을 정복하는 과정을 거쳤습니다. 인간이 살아간다는 것은 곧 자연을 파괴하는 과정이라고 극단적으로 얘기할 수도 있겠지요. 그런 삶을 우리가 얼마나 더 지속할 수 있을까 하는, 환경에 대한 근본적인 문제를 제기할 때라고 생각합니다.

이제 우리에게는 보존과 개발의 문제가 심각한 현안이 되고 있습니다. 자연을 개발하지 않으면 인간이 편리하게 살 수가 없습니다. 그러나 무작정 개발을 하다 보면 자연이 회복 불능의 상태가 됩니다. 그것이 문제입니다. 이제 우리는 어디까지를 개발하고 어디까지를 보존해야 할 것인가에 대한 어떤 원칙을 가져야 할 때가 아닌가 싶습니다. 이것은 우리나라뿐만 아니라 전 세계적인 과제라고 생각합니다.

스님 환경문제는 불교적으로 말하면 성구(聲句) 이전, 즉 언어 이전의 생명문제입니다. 왜냐하면 땅이 썩거나 환경이 망가지면 어떤 생명도 살 수 없는 근본적인 문제가 발생하기 때문입니다. 환경이라는 용어를 사용하기 이전에, 생명의 근원에 맞닿아 있는 문제라는 인식을 가져야 합니다. 만약 우리가 생명을 함부로 죽여도 좋다고 생각한다면 환경이 문제될 이유가 없을 것입니다. 그러나 전쟁으로 생명을 살상하는 것이 허용되지 않듯이 환경 파괴로 생명을 죽이는 것도 용납되지 않습니다.

불교는 인간의 생명뿐만 아니라 모든 생명은 다 같은 무게와 값을 지닌다고 가르치는 종교입니다. 불교의 가장 중요한 계율인 불살생(不殺生)이란 사람만이 아니라 모든 생명을 함부로 해쳐서는 안 된다는 뜻입니다. 생명은 하나하나가 다 소중하지만 또한 그것은 한 뿌리에서 나온 것입니다. '하늘과 땅은 나와 한 뿌리이고 만물은 나와 한 몸[천지여아동근 만물여아일체(天地與我同根 萬物與我一體)]'이라는 것이 불교의 가르침입니다. 그러므로 우리는 모든 생명을 다 같이 존귀하게 여겨야 합니다.

그럼에도 오늘날 사람들은 생명을 존귀하게 생각하지 않습니다. 나만 편하면 남은 불편해도 괜찮고, 인간만 행복하면 다른 생명은 죽어도 괜찮다는 이기주의가 만연해 있습니다. 결국 인간의 과도한 욕망이 인간도 죽이고, 환경도 파괴하는 근본적인 원인이 아닌가 생각합니다.

시인　　사실 우리 인간은 자기만의 욕심이랄까 이익에 눈이 멀어서 미래를 생각하거나 다른 생명을 배려하지 않는 면이 많습니다. 자연은 우리 당대에만 이용하고 버려도 되는 소비재가 아닙니다. 우리가 살고난 뒤에 지구에서 살아가야 하는 자식과 손자, 손자의 손자까지 영원무궁하게 이용해야 할 자원입니다. 그렇다면 우리만의 이익을 위해 너무 낭비적으로 자연을 이용하려는 생각을 버려야 하겠지요.

또한 자연은 인간만이 독점적으로 사용권한을 갖는 재산이 아닙니다. 사슴과 토끼는 자연에서 나는 풀을 뜯어 먹어야 하고, 벌과 나비는 꽃이 피어야 삽니다. 인간이 먹는 물을 물고기도 먹어야 하고 나무나 풀도 물을 먹어야 삽니다. 이렇게 모두가 이용하는 자연을 인간이 멋대로 파괴해 놓으면 자연에서 살아가야 하는 생명체는 살 곳이 없어집니다. 인간의 욕심 때문에 자연이 무너지면 결국 인간도 살 수가 없습니다. 왜 그것을 깨닫지 못하는지 인간이야말로 참 어리석은 존재인 것 같습니다.

스님 『벽암록』이라는 책에 보면 '일화개 세계기(一花開世界起)'라는 말이 있습니다. 꽃 한 송이 피는 것도 세계와 연관되어 있다는 것이지요. 서정주가 '한 송이 국화꽃을 피우기 위해 봄부터 소쩍새가 울고, 천둥은 먹구름 속에서 울고, 나는 잠이 오지 않았다'고 한 말과 비슷한 말입니다. 이것이 무슨 뜻이냐 하면 모든 생명은 이렇게 하나로 연결되어 있다는 말입니다.

꽃이 한 송이 피려면 햇빛과 습도와 바람과 흙 속의 자양분이 작용해야 합니다. 이렇게 모든 생명과 자연이 연결되어 있는 것을 안다면 결코 함부로 살 수가 없는 것입니다. 자연의 한 부분이 훼손되면 생명의 한 부분도 훼손되는 것입니다.

불교는 이렇게 자연과 인간을 둘이 아닌 하나로 봅니다. 자연을 정복의 대상으로 보지 않고 함께 살아야 할 친구, 동일한 생명체, 불이(不二)의 관계, 즉 둘이 아닌 하나로 파악합니다. 그래서 서양의 지식인들은 자연을 지키고 환경을 보존하는 사상적 지침으로 불교를 주목하고 있습니다. 그런데 정작 우리는 이런 생각을 잊고 자연을 파괴하고 정복하려 합니다. 욕심에 사로잡혀 미혹하기 때문이지요.

시인　우리나라는 개발을 해도 너무 비환경적으로 개발을 하는 것 같아요. 저는 많이는 안 다녀봤지만 유럽 몇 군데 나라를 다니면서 보니까 거기는 개발을 해도 친환경적으로 하는 것 같아 아주 인상적이었습니다. 특히 도시에 숲을 많이 만드는 것은 참 잘하는 것 같았습니다.

그러나 영국이나 유럽 선진국들은 자기 나라는 친환경적으로 개발하고 제3세계는 마구잡이로 개발을 해 왔습니다. 영국은 인도를 식민지배하면서 너무 많이 파헤치는 난개발과 훼손을 했습니다. 일본도 우리나라를 식민지배하면서 편의주의적으로 마구 개발하고, 자기 나라를 개발할 때는 환경을 보전해 가며 했습니다. 이제 우리는 식민지에서 벗어났으니 식민지적 발상에서 벗어나야 되는데 거기서 벗어나지 못하고 옛날과 마찬가지로 식민지적 개발에 매달려 있는 느낌이 들어요.

지구온난화 문제를 해결하기 위해 프레온 가스 사용 규제를 결의한 지구환경회의 결의도 마찬가지입니다. 후진국 입장에서는 억울하기 짝이 없는 결정입니다. 프레온 가스를 가장 많이 사용하는 나라는 사실 제1세계 국가들이거든요. 그런데 환경문제가 거론되니까 냉방기나 냉장고에 프레온 가스 사용을 현재 수준에서 억제하자는 주장입니다. 자기들은 개발할 것 다 하고 쓸 것 다 쓰면서 제3세계 국가에게는 사용하지 말라니 이런 불공평하고 무리한 주장이 어디 있습니까. 그러면서 선진국에서 만든 환경파괴적인 물건을 후진국에 팔아먹기까지 합니다. 자기들은 핵무기를 가지고 있으면서 다른 나라는 갖지 말라는 핵확산금지협약과 똑같은 수작이지요. 이런 사람들한테 '세계는 한 송이 꽃'이라고 말하는 것이 얼마나 설득력이 있을지 회의가 듭니다.

스님 방금 '친환경적 개발'이라는 말씀을 하셨는데 자본주의 사회에서 그것이 어느 정도나 가능할지는 의문입니다. 북한산이나 천성산에 도로를 내고 터널을 뚫는 문제, 새만금 간척지 조성 문제에서 모두 경제적 이익을 위한 개발의 논리가 앞서고 있습니다. 고속도로 닦는 것을 보면 알 수 있습니다. 우리나라는 워낙 산악 지형이라서 그런 면도 있겠지만 너무 많이 깎고, 파고, 뚫고 합니다. 어떻게 해서라도 좀 더 자연환경을 보존해서 질 높은 인간의 삶을 보장해야 한다는 고려가 부족합니다. 하천이 오염되고 지하수가 고갈되는 것도 돈을 위해서는 자연을 망가뜨려도 좋다는 욕심에 양심이 가려졌기 때문입니다. 경제적 이익과 성장을 앞세운 개발의 논리는 이렇게 모든 것을 초월합니다. 거기에는 오직 자본의 논리만 있고 환경에 대한 고려는 전혀 없습니다.

시인 우리가 얼마나 반환경적, 반인간적 개발을 하고 있는가를 보여주는 상징으로 나는 한강 개발을 들고 싶습니다. 한강은 세계적으로도 아름다운 강입니다. 파리의 센 강이나 런던의 템스 강, 뉴욕의 허드슨 강에 비하면 한강은 크기나 수량에서 단연 으뜸입니다. 이런 강을 다 망쳐 좋은 것이 바로 한강 좌우로 만들어 놓은 강변도로 아닐까요. 이 도로는 자동차를 위해서는 좋은 도로일지 몰라도 사람들에게는 참 불편한 도로입니다. 서울 시민이 한강에 접근하고 싶어도 접근할 통로가 마땅하지 않아요. 자동차가 아니면 걸어서 갈 방법이 없습니다. 거기다가 접근로마저 몇 개 되지 않습니다. 이는 도로를 만들 때 인간을 고려하지 않고 도로를 만들었기 때문입니다.

요즘 우리는 서울 개발의 상징이던 도심 고가도로를 뜯어내고 다시 물이 흐르는 청계천을 복원하려고 하고 있습니다. 좀 멀리 생각하고 인간과 환경을 고려한 개발을 했더라면 이렇게 뜯어내고 다시 만들고 하는 낭비는 없었을 것입니다. 북한산이나 천성산 문제도 이런 차원에서 생각해야 할 문제입니다.

스님　　청계천이 복개되고 고가도로가 놓일 때만 해도 개발제일주의 시대여서 환경과 조화되는 인간의 삶을 생각할 여유가 없었을 것입니다. 그래서 오직 편의주의와 경제적 이익만 고려했을 것입니다. 또 서울이 워낙 오래된 도시라서 현대식 도시를 만드는 데는 많은 무리가 따랐다고 봅니다. 그렇지만 너무 목전의 이익만 생각하다 보면 낭패를 보는 수가 생깁니다. 청계천과 한강개발 문제 말고도 강남개발이 그렇습니다. 강남은 강북이 포화 상태에 이르자 계획도시로 개발을 했는데 왜 녹지공간을 만들지 못했는지 모르겠습니다. 예를 들어 봉은사 뒤 삼성산은 푸르게 놔두어야 숨통이 트이는데 그것마저 다 파헤치고 말았습니다. 서울에서 녹지라고는 창경궁, 종묘를 비롯한 몇몇 궁궐 부지를 빼면 하나도 없습니다.

이렇게 자연과 인간을 고려하지 않고 이익만 앞세운 개발은 결국 재앙을 가져오게 됩니다.

시인　우리나라 도시개발의 문제는 숲과 자연을 없애버리는 사막화 개발입니다. 저는 전문가는 아니지만 숲도 없는 삭막한 도시는 사람들을 정신적으로 황폐하게 만들어 갈 것으로 봅니다. 또 나쁜 공기와 소음, 먼지는 먼 미래가 아니라 이미 인간에게 말 못할 피해를 주고 있어요. 그래서 무차별적 개발, 사막화 개발을 막아야 한다는 주장이 설득력을 얻는 것입니다.

다시 현실 문제로 돌아와서 북한산이나 천성산 문제를 이런 관점에서 본다면 어떤 결론을 내야 할까요?

스님　개발론자나 환경론자의 주장은 다 나름의 일리가 있습니다. 그러나 현 단계에서는 무조건 사업을 반대만 할 수 없는 것이 아니냐 하는 생각도 듭니다. 물론 자연과 환경을 보존해야 한다는 원칙이나 주장이 틀리다는 것은 아닙니다. 하지만 예를 들어 이미 공사가 70, 80%까지 진척된 상황에서 반대를 하게 되면, 그때는 경제적인 손실이 너무 크다고 봅니다. 공사를 시작하기 전이라면 결사적으로 반대를 할 수도 있겠지만 이미 다른 곳은 다 공사를 했는데 특정지역은 안 된다든가, 돌아가는 길을 내야 한다든가 하는 것은 다시 생각해볼 점입니다. 그러면 그 면적보다 더 많은 곳을 파헤쳐야 하는데 이는 더 큰 환경 파괴를 불러옵니다. 그렇다면 이것은 비합리적인 주장입니다.

그러나 이 문제는 개발을 서두르는 정부의 태도나 방식이 옳은가 하는 것과는 전혀 별개입니다. 정부는 대형 국책사업을 시작하면서 과거처럼 무조건 힘으로 밀어붙이겠다는 생각을 하면 안 됩니다. 또 사업 시행 전에 충분한 검토와 연구, 의견수렴을 해야 합니다. 큰 토목사업을 할 때는 환경영향평가단을 구성해서 평가감정을 하긴 하는 모양이지만 공정성이 의심되는 평가단 구성을 하면 안 됩니다. 형식적 절차만 거쳐서 사업을 시작해 놓고 왜 무조건 반대하느냐는 식으로 몰고 가면 안 됩니다.

시인　새만금 문제가 대표적인 사례일 것입니다. 처음부터 신중했어야 하는 것인데 너무 정치적인 고려만 해서 문제가 되고 있는 것입니다. 이 문제의 발단은 과거 노태우 씨가 호남표를 얻으려고 시작한 사업입니다. 그때 김대중 씨가 평민당을 이끌고 있었는데 평민당이 새만금을 개발하자고 문제를 제기했던 것 같아요. 그래서 그때는 그것이 호남의 숙원 사업이었습니다. 이것을 노태우 씨가 대선에 출마하면서 공약으로 내세워 1991년에 착공했습니다. 그런데 1999년에 여기저기서 문제들이 발생하니까 중단했다가 2002년에 다시 시작한 것입니다. 애초에 더 많은 공론을 거치고 토론을 해서 결정했으면 이런 문제는 생기지 않았을 겁니다.

꽃이 한 송이 피려면 햇빛과 습도와 바람과
흙 속의 자양분이 작용해야 합니다.
이렇게 모든 생명과
자연이 연결되어 있는 것을 안다면
결코 함부로 살 수가 없는 것입니다.
자연의 한 부분이 훼손되면
생명의 한 부분도 훼손되는 것입니다.
불교는 이렇게 자연과 인간을 둘이 아닌
하나로 봅니다. 자연을 정복의 대상으로
보지 않고 함께 살아야 할 친구,
동일한 생명체, 불이(不二)의 관계,
즉 둘이 아닌 하나로 파악합니다.

스님　　환경문제는 새만금이나 천성산 문제가 해결된다고 해서 다 끝나는 것이 아닙니다. 인간이 살아가는 한 새로운 환경문제는 계속해서 생길 수밖에 없습니다. 문제는 이런 일이 생길 때마다 우리가 어떤 원칙과 기준으로 문제를 해결해야 할 것인가 하는 것입니다.

저는 이에 대해 매우 원론적이기는 하지만 '모든 생명에게 이로운 방향으로 이루어져야 한다'는 점을 강조하고 싶습니다. 개발이라는 것도 따지고 보면 누구를 해치기 위한 것이 아니라 이로움을 주기 위한 것이고, 보존을 하자는 것도 인간만이 아니라 다람쥐나 토끼나 도롱뇽까지도 이로움을 주자는 주장입니다. 차이가 있다면 하나는 그 범위를 인간을 포함해서 넓게 잡는 것이고, 하나는 인간, 그것도 그 시대의 사람들로 좁게 잡는다는 점입니다. 이때 앞의 것은 이상론이 되기 쉽고, 뒤의 것은 너무 이기적인 현실론이 되기 쉽습니다. 이것을 어떻게 조화할 것인가는 모든 사람들이 관심을 가져야 할 문제입니다.

시인　　모든 생명이 다 공존하면서 살아야 한다는 말씀에 전적으로 동감합니다. 스님은 그런 생각을 담은 시를 여러 편 쓰신 것 같은데 그것도 일종의 환경운동이 아닌가 싶습니다. '산창을 열면' 같은 것이 대표적이라고 봅니다.

산창을 열면

화엄경 펼쳐놓고 산창을 열면
이름 모를 온갖 새들 이미 다 읽었다고
이 나무 저 나무 사이로 포롱포롱 날고……

풀잎은 풀잎으로 풀벌레는 풀벌레로
크고 작은 푸나무들 크고 작은 산들짐승들
하늘 땅 이 모든 것들 이 모든 생명들이……

하나로 어우러지고 하나로 어우러져
몸을 다 드러내고 나타내 다 보이며
저마다 머금은 빛을 서로 비춰주나니……

이런 생각들이 불교계를 최근 새만금을 비롯한 북한산, 천성산 등 여타의 환경문제에 적극 나서게 했다고 봅니다. 이에 대해 사람들은 처음에는 좀 의아해 했던 측면도 있었습니다. 개발이 몇몇 사찰의 이해관계와 결부된 것이 아니냐 하는 의혹 때문이지요. 그러나 반대운동을 하는 과정을 지켜보면서 한 가지 깨달은 것은 환경보존의 중요성과 모든 생명의 소중함입니다. '아, 이제는 정말 환경을 생각해야 할 때가 됐구나. 우리가 함부로 훼손하면 후손들에게도 재앙을 가져다주고 다른 생명에게도 영향을 주겠구나' 하는 것을 알게 됐습니다. 당장 먹기는 곶감이 달지만 곧 속이 달아서 불편해지는 것을, 스님들이 나서서 막아주려는 모습은 감동적이기까지 했습니다.

북한산이나 천성산 문제가 우리에게 일깨워준 환경의 중요성은 앞으로 우리가 환경과 관련된 어떤 일을 할 때 좋은 기준이랄까 참고자료가 될 것으로 봅니다.

스님 환경문제를 해결하기 위해서는 결국 인간의 욕망을 줄이는 것밖에 방법이 없을 것 같습니다. 환경문제는 지구상에 존재하는 생명 가운데 오직 인간만이 일으키는 문제입니다. 다른 동물은 도구를 사용할 줄 모르기 때문에 환경문제를 일으키지 않습니다. 이것은 환경문제 해결에는 인간만이 관여할 수 있다는 말이기도 합니다.

그러면 인간이 어떻게 환경문제를 해결할 수 있느냐. 그것은 불교적으로 말하면 욕망을 줄이는 것 외에는 방법이 없습니다. 방금 국내적인 환경문제 현안에 대해 말했습니다만 그것도 결국 인간의 욕망을 얼마나 축소하느냐 하는 것이 관건입니다. 다른 연구나 정책수단은 거기에 부수되는 것에 불과합니다.

시인 욕망을 줄이라는 말씀은 모든 사람이 종교적 인간이 되어야 한다는 말씀이기도 한데 그것이 과연 가능할지 의문입니다.

인간은 물질로만 살 수도 없지만 그렇다고 정신적 만족만으로도 살 수가 없습니다. 인간의 삶이란 무엇인가를 소비하는 생활입니다. 원시시대에 인간이 자연을 개간해서 논밭을 만들고 집을 짓기 시작한 것은 안락하고 편안한 삶을 위해서였습니다.

또한 아무리 근본주의적 환경론자라 해도 환경훼손의 환경 위에서 살아야 합니다. 새만금 반대 시위를 하러 새만금으로 내려가려면 공기를 오염시키는 자동차를 타고 갑니다. 스님의 말씀을 반대하는 것은 아니지만 모든 사람에게 욕망을 줄이라고 하는 것은 그렇게 간단한 문제 같지는 않아요.

스님　매우 현실적인 지적입니다. 그러나 아무리 깊이 생각해도 소유를 줄이고 소비를 줄이지 않는 한 이 문제는 해결의 실마리를 찾기 어렵다고 봅니다. 우리가 소유와 소비를 늘리는 것은 잘 살기 위해서입니다. 그렇지만 그것을 위해 하천과 하늘을 오염시키면 결국 피해가 우리에게 되돌아옵니다. 우리가 자연을 이용하기 위해 개발을 한다고 해도 자연의 자정능력 또는 복원능력의 한도 안에서 해야 한다는 것이 저의 생각입니다.

시인　그러나 그 원칙이나 기준이 모호하다는 것에 문제가 있습니다. 어떤 사람은 그것으로 만족해도 다른 사람은 만족이 안되는 것입니다. 소유를 줄이라는 것도 출가수행자의 소유와 재가 속인의 그것과는 차이가 있습니다. 또 소유욕의 문제를 너무 세속적인 것으로만 매도하고 정신적인 가치만 중요하다고 말하는 것도 문제는 있다고 봅니다.

몇 십 년 전까지만 해도 보릿고개가 있던 것이 우리 현실이지요. 그 시대의 가난이라고 하는 것은 상상도 못할 정도였습니다. 개발도 안 되고 소유가 적었기 때문입니다. 물론 그때는 현대와 같은 심각한 환경문제는 없었을 것입니다. 하지만 그렇다고 인간이 개발을 안 하고 자연보존의 상태에서 살 때가 행복했을까? 저는 자연이 개발되기 이전의 사람들의 삶이 무조건 행복하다고 생각하지는 않습니다.

스님 그렇다고 인간의 소유욕을 무한대로 늘리는 것은 곤란한 일입니다. 욕망을 줄이지 않고 늘려서 그것을 충족시키려면 끝이 없습니다. 인류가 전쟁을 벌이는 것도 결국 욕망이 충족되지 않기 때문입니다.

저는 서부개척시대에 시애틀 추장이 미국 대통령에게 보냈다는 편지에서 아주 깊은 감명을 받은 적이 있습니다. 나중에 알아보니 이 편지는 시애틀 추장이 쓴 것이 아니라 어떤 시나리오 작가가 미국 100년 영화를 만들면서 썼다고 하는데 저는 누가 썼느냐 보다는 그 편지가 주장하는 내용이 아주 옳다고 봅니다. 그 편지는 이런 내용입니다.

시애틀 추장의 편지

워싱턴에 있는 대통령이 우리 땅을 사고 싶다는 말을 전해 왔다. 하지만 어떻게 땅과 하늘을 사고 팔 수 있나? 이 생각은 우리에게 생소하다. 신선한 공기와 물방울이 우리 것이 아닌데 어떻게 그것을 사 가겠다는 건가?

이 땅의 모든 것은 우리에게 신성한 것이다. 반짝이는 소나무 잎, 바닷가 모래밭, 짙은 숲 속의 안개, 수풀과 지저귀는 곤충들 모두가 우리 민족의 기억과 경험 속에 신성한 것이다.

우리는 우리의 핏줄 속을 흐르는 피처럼 나무 속을 흐르는 수액을 잘 안다. 우리는 이 땅의 한 부분이며 땅 또한 우리의 일부다. 향기나는 꽃은 우리의 자매다. 곰과 사슴과 큰 독수리는 우리의 형제다. 바위, 수풀의 이슬, 조랑말의 체온, 사람. 이 모든 것이 한 가족이다. 시내와 강을 흐르는 반짝이는 물은 단순히 물이 아니다. 우리 조상의 피다. 우리가 당신들에게 땅을 팔면, 이 땅이 신성하다는 것은 기억해야 할 것이다. 호수에 비치는 모든 것은 우리 민족 삶 속의 사건과 기억을 말해준다. 졸졸 흐르는 물소리는 내 아버지의 아버지의 목소리다. 강은 우리의 형제다. 우리의 갈증을 달래주고 우리의 카누를 옮겨주고 우리 아이들을 키운다. 그러니 당신들은 형제를 대하듯 강을 친절히 대해야 한다.

우리가 땅을 당신에게 판다면, 기억하라. 공기가 우리에게 얼마나 소중한지. 공기는 모든 목숨 있는 것들에게 정신을 나눠준다. 우리 할 아버지에게 첫 숨을 쉬게 해준 바람은 할아버지의 마지막 한숨을 거둬 갔다. 바람은 우리 아이들에게도 생명의 정신을 불어넣어준다. 그러니 우리가 땅을 팔거든, 이 땅을 신성하게 세속에서 분리시켜 둬야 한다. 사람들이 찾아가서 꽃향기로 달콤해진 바람을 음미할 수 있는 곳이 되도록 하라. 우리가 아이들에게 가르친 것을 당신도 당신의 아이들에게 가르칠 건가? 땅이 우리의 어머니라는 것을…….
땅에 일이 생기면 땅의 자녀들에게도 똑같이 생긴다.

우리는 안다. 땅은 사람 것이 아니라는 것을, 사람이 땅에 속한다는 것을. 모든 사물은 우리 몸을 연결하는 피처럼 서로 연결되어 있다. 사람은 인생의 직물을 짜는 것이 아니라, 단지 실 한 가닥일 뿐이다. 이 직물에 사람이 무엇을 하든, 그것은 자기 자신에게 하는 것이다. 우리는 안다. 우리의 신은 당신들의 신이기도 하다는 것을. 땅은 신에게 소중한 것이다. 그래서 땅을 해치는 것은 땅의 창조주를 경멸하는 것이다.

우리는 당신들의 운명이 어떻게 될 지 모르겠다. 들소가 몰살당하면 무슨 일이 생길까? 야생마가 길들여지면 어떻게 될까? 숲 속의 신비한 구석이 사람들 냄새로 가득하고 말하는 데 쓰는 전선(전화줄)으로 언덕의 전망이 얼룩지면 무슨 일이 생길까? 귀뚜라미는 어디에 머물까? 사라져 버린다. 독수리는 어디 사나? 가 버린다. 잽싼 조랑말에게 인사하고 사냥에 나서는 것은 뭔가? 삶의 종말과 살아남기 경쟁이 시작된다. 마지막 남은 빨간 사람이 이 황야에서 사라지고 그의 기억은 초원을 가로지르는 구름의 그림자가 될 때, 그래도 해안과 숲

은 여전히 여기 있을까? 우리 민족의 정신이 조금이라도 남아 있게
될까?

갓난아이가 엄마의 심장고동 소리를 사랑하듯 우리는 이 땅을 사랑
한다. 그러니 우리가 땅을 팔면, 우리가 했듯이 사랑해주라. 우리가
했듯 돌봐주라. 이 땅을 받았을 때처럼 땅에 대한 기억을 간직하라.
모든 아이들을 위해 땅을 보존하고 사랑해주라. 신이 우리를 사랑하
듯이.

우리가 땅의 일부이듯 당신들도 이 땅의 일부다. 이 땅은 우리에게
소중하며, 당신들에게도 소중한 것이다. 우리는 안다. 신은 하나라
는 것을. 빨간 사람이든 흰 사람이든 사람은 나뉠 수 없다. 우리는
결국 모두 형제다.

이 추장은 땅을 어머니라고 표현하고 있습니다. 그는 또 '미국 대
통령이 땅을 팔라고 하는데 공기와 새소리를 어떻게 파느냐'고 합
니다. 이 편지는 어떤 글보다 감동을 주는 자연보호 헌장입니다.
이 편지를 읽으면서 불교에서 말하는 '세계는 한 송이 꽃'이라는
사실을 다시 한 번 깨달았으면 합니다.

시인　　모든 사람이 그것을 다 알고 깨닫기는 어려울 것입니다.
더 많은 사람들은 그런 것을 깨닫기보다는 눈앞의 편리만 추구합
니다. 여기서 개발과 보전의 문제가 갈등하고 논쟁이 싹트게 되

는 거지요. 결국 인간의 욕망 때문에 어떤 자연도 남아나지 않게 될 수도 있습니다. 인간의 욕망은 끊임없이 개발하고 끊임없이 자연을 파괴해도 채워지지 않습니다. 그렇게 되면 도저히 어떻게 할 방도가 없다는 체념과 숙명론에 빠질 수도 있습니다.

이런 문제는 어떤 선택된 소수만이 깨닫고, 대부분의 사람은 깨닫지 못한 채 살아간다고 봅니다. 앞으로도 영원히 그렇게 살 것으로 봅니다. 물론 그게 바람직하다는 것은 아닙니다. 가급적 많은 사람이 깨닫는 것이 좋기는 하겠으나 그렇지 못할 경우가 더 많다는 뜻입니다. 그렇다면 소수라도 깨달은 사람이 끊임없이 목소리를 내는 것이 중요하다고 봅니다. 이것이 개발로 인한 자연파괴를 막는 데 큰 역할을 하리라고 생각합니다.

스님　그런 점에서 보면 종교의 역할, 특히 불교의 역할이 중요하다고 봅니다. 불교의 가르침은 기본적으로 인간과 자연을 분리해서 생각하지 않는 종교입니다. 모든 생명이 다 부처가 된다고 말합니다. 『법화경』이라는 경이 있는데 이 경에 나오는 상불경보살(常不輕菩薩)은 일체 중생이 다 부처가 될 것이라 여겨 가볍게 보지 않고 존경을 바치는 수행을 합니다.

또 중국의 길장대사(吉藏大師)라는 분은 초목성불론(草木成佛論)을 주장했습니다. 풀과 나무도 다 부처가 된다는 것입니다. 이것은 모든 인간과 자연이 둘이 아니라 동일한 생명가치를 지니고 있다는 발상입니다. 그러므로 흘러가는 물이나 산에 지천으로 있는 나무조차 함부로 대하면 안 됩니다. 물 한 방울에는 그 속에 팔만사천충(八萬四千蟲), 즉 팔만사천의 생명이 살고 있다고 가르칩니다. 그러므로 모든 것을 대할 때 생명에 대한 외경심을 가지라고 가르칩니다.

시인 불교의 그런 가르침이 알게 모르게 우리 생활 속에 숨어 있는 것 같습니다. 어려서 우리 할머니, 어머니들은 끓는 물을 아무 데나 함부로 버리지 않았습니다. 끓는 물을 마당에 버리면 벌레가 데어서 죽을지도 모른다는 생명존중의 생각에서였던 것 같습니다. 또 흐르는 물도 함부로 쓰지 않았습니다. 물을 함부로 쓰면 저승 가서 그 물을 다 들이켜야 한다며 아껴 쓰라고 가르쳤습니다. 이런 것이 바로 종교의 영향이라 할 수 있을 것입니다.

그런데 요즘은 너무 흥청망청입니다. 무엇보다 아까운 것이 음식물입니다. 먹지도 않는 음식을 너무 많이 만들고 먹지도 않고 내버립니다. 음식물 쓰레기가 한 해에 몇 조 원에 이른다고 하는데 참 답답한 일입니다. 이렇게 많은 음식 쓰레기가 생기는 것은 자원 낭비도 낭비지만 엄청난 환경문제를 유발합니다. 악취로 공기를 더럽힐 뿐더러 수질과 수자원도 오염시킵니다.

옛날에는 쌀 한 톨도 함부로 버리는 일이 없었습니다. 쌀을 뜻하는 쌀 미(米) 자를 파자(破字)해보면 팔십팔(八十八)이 됩니다. 한 톨의 쌀을 만들기 위해서 여든여덟 번의 손이 간다는 뜻이라고 합니다. 그런 음식을 내버리면 죄를 짓는 것이지요.

스님　음식 쓰레기를 줄이자면 절에서 스님들이 하는 발우공양의 정신을 배우면 좋습니다. 스님들은 발우공양을 하면서 오관게(五觀偈)라는 게송을 외웁니다. 그 내용을 보면 이렇습니다.

이 음식에 깃든 공덕을 생각하면(計功多少量彼來處)
덕행이 부족한 나는 받기가 송구하네(忖己德行全缺應供)
욕심껏 맛있는 것만 먹으려 하지 않고(防心離過貪等爲宗)
오직 건강을 지키기 위한 약으로 알고(正思良樂爲療形枯)
마침내 도를 얻기 위해 음식을 먹노라(爲成道業應受此食)

이 오관게에서 보는 바와 같이 스님들의 공양법은 수행과 이어지고 있습니다. 이를 다른 말로 표현하면 '나무가 꽃을 피우고 열매를 맺고 열매가 맛들어서 내 몸의 자양이 되기까지'를 명상하게 하는 것입니다.

음식에 대한 이러한 명상은 쌀 한 톨조차 남기지 않습니다. 음식을 받을 때는 아예 먹을 만큼 적당한 양을 받고, 받은 음식은 다 먹어서 남기지 않습니다. 공양이 끝난 후에는 발우에 남은 음식 찌꺼기까지 다 씻어서 먹습니다. 이러한 공양 습관은 가정에서도 아이들에게 가르칠 필요가 있습니다. 지금도 그렇지만 절에는 음식 찌꺼기에 밥알이 나오면 난리가 납니다. 농사짓는 사람의 공덕을 소홀히 하면서 무슨 도를 닦느냐고 야단을 맞습니다.

제가 어려서 들은 절집에 전해지는 얘기 가운데 이런 것이 있습니다. 옛날 어떤 수행자가 어느 절에 큰스님이 있다는 소문을 듣고 찾아가는 중이었습니다. 수행자는 큰절 입구까지 와서 잠시 개울가에 앉아 세수를 하고 땀을 식히는 중이었습니다. 그런데 절에서 흘러 내려오는 개울물에 콩나물 한 개가 둥둥 떠내려 오더랍니다. 그것을 본 수행자는 '이 절에 훌륭한 고승이 있다기에 찾아왔는데 그 소문이 거짓이로다. 시주가 보시한 콩나물 한 개를 소홀하게 여기는 절에 무슨 큰스님이 있겠는가' 하면서 탄식을 하고 발길을 돌렸다고 합니다. 그때 절 쪽에서 한 행자가 뛰어내려오는 것이 보였습니다. 행자는 낯모르는 객승에게 "저기 떠내려가는 콩나물 좀 건져달라."고 소리를 치는 것이었습니다. 수행자는 이 모습을 보고 '역시 큰스님이 계시는 곳은 다르다'며 발길을 다시 돌려 큰스님 밑으로 갔다는 것입니다.

좀 과장이 심한 얘기처럼 들릴지 모르지만 실제로 절에서는 이렇게 콩나물 머리 한 개도 아껴야 한다는 것을 수없이 강조합니다. 이러한 절약 정신은 시주의 은혜를 소중하게 여겨야 한다는 뜻도 있지만 그것이 모두 환경을 아끼고 사랑하는 방법이었습니다.

시인   스님 말씀을 들으니 제가 살던 옛날 시골이 생각납니다. 제가 어릴 때 기억으로는 속가에서도 식사를 할 때는 밥풀 하나라도 남기면 안 되었습니다. 끝까지 다 먹어야 하니까 항상 밥그

릇에 물을 부어서 먹었습니다. 음식 중에 김치 쪼가리라도 남으면 그건 꼭 뜨물을 만들어서 짐승한테 먹였습니다. 아주 철저했습니다. 밥이 쉬면 그것을 말려두었다가 다시 식혜를 만들어 먹었습니다. 당시에는 식량이 풍부하지 않아 이런 절약정신이 큰 미덕이었습니다. 그런 것들이 자연스럽게 친환경적인 생활을 만들어 간 것으로 봅니다. 그때는 사는 것 자체가 이렇게 친환경적이어서 적극적인 환경의식이나 자연보호의식이 없어도 자연보호가 잘 되는 측면도 있기는 했지요.

그러나 도시화, 산업화가 진전되면서 생산과 능률만이 중요한 가치가 되다 보니 환경문제는 고려의 대상이 되지 않았습니다. 예를 들어 시골에서 고기를 잡는 것을 보면 과거에는 통발을 사용했습니다. 통발은 작은 물고기가 걸리면 빠져 나가도록 얼기설기 만드는 게 상식이었습니다. 빠져 나간 고기는 나중에 크면 잡겠다는 의도였겠지요. 그런데 산업화가 진전되면서 강물에서 고기를 잡을 때면 '싸이나(청산가리)'라는 약을 풀어서 아예 고기의 씨를 말려버렸습니다.

또 연료로 사용할 나무를 하는 것도 보면 옛날에는 가지를 치거나 죽은 나무를 베어 왔습니다. 그런데 능률과 수익이 우선하는 가치가 확산하면서는 아예 밑둥을 베어버리고 말았습니다. 이렇게 보면 환경훼손의 주범은 능률과 소비를 숭상하는 인간의 욕심이라는 말이 맞는 것 같습니다.

스님 그런 점에서 보면 사찰은 전통사회에서 환경 파수꾼 노릇을 톡톡히 했다고 봅니다. 절은 깊은 산중에 있으면서 산림을 가꾸고 자연을 지키는 데 일조를 했습니다. 여기에는 조금 전에 말한 초목성불론 같은 가르침이 크게 작용한 측면도 있을 것으로 봅니다.

그런데 이렇게 열심히 자연환경을 지키다 보니 절 밑 사하촌(寺下村) 사람들은 스님들을 싫어했습니다. 왜 이렇게 됐느냐 하면 절에서 사하촌 사람들에게 나무를 베지 못하게 했기 때문입니다. 옛날에는 땔감으로 모두 나무를 사용했는데 절에서는 산감(山監)을 두어서 나무를 함부로 베지 못하게 했습니다. 나무를 베다가 산감에게 들키면 톱과 도끼, 낫, 심지어 지게까지 몽땅 빼앗겼습니다. 어떻게 들으면 사찰 측이 너무 무자비하다고 할 수도 있을 겁니다. 하지만 그렇게 하지 않으면 결국 산은 벌거숭이가 되고, 따라서 사하촌 사람도 못 살고 절도 망하기 때문입니다. 그런데도 사하촌 사람들은 사찰을 원망했고 그 원망은 오늘까지 세월의 앙금으로 남아 있는 곳이 많습니다. 김정한의 소설 『사하촌』은 이런 반감을 정서로 하여 쓰인 것입니다.

시인 과거 우리나라는 어떤 이유에서인지 산림을 가꾸는 데는 좀 소홀한 면이 있었던 것 같습니다. 산림을 가꾸기 시작한 것은 비교적 최근의 일입니다. 이사벨라 버드 비숍이 쓴 글을 보면 부산 같은 곳은 흙이 벌겋게 다 드러나서 삭막해보이는 반면, 대마도 같은 곳을 보면 나무가 잔뜩 우거져 있고 길가에도 나무가 있어서 대조를 이룬다고 했습니다. 우리나라는 나무가 없어서 너무 삭막한 느낌을 받았는데 대마도는 나무가 아주 우거졌고 길거리와 집집마다 나무도 많았다고 쓰고 있습니다.

비숍은 배를 타고 제물포(인천)에 도착하여 제물포에서 서울로 들어왔는데, 그는 서울 풍경을 충격적으로 묘사했습니다. 그의 표현에 의하면 나무는 과일나무 조금밖에 없고, 소나무는 무덤 뒤에만 조금 있었다고 합니다. 일본과는 판이하게 다르더라는 거지요. 이게 19세기 말의 우리 현실입니다.

그러나 이것이 우리나라 사람들이 자연을 가꾸는 데 적극적이지 않았다는 증거는 아니라고 봅니다. 인가가 가까운 곳은 보릿고개가 되면 먹고살기 위해 소나무 껍질을 벗겨야 했고, 또 연료로 나무를 사용하다 보니 그렇게 된 측면이 있습니다. 그러다가 장마가 들면 산사태가 나고 제방이 무너지니까 안 되겠다 싶어서, 아카시아, 미루나무, 포플러 같은 성장이 빠른 나무를 심기 시작했습니다. 또 1960년대 들어서 산림녹화를 국책사업으로 추진하면서 그때부터 겨우 푸른 산을 갖게 되었습니다.

스님　하여튼 이제 환경은 21세기 최대 화두가 되었습니다. 사람들이 개명해서 보니 환경보존이야말로 우리가 참으로 잘사는 길이라는 생각이 점차 확산되고 있는데 이것은 바람직한 일입니다. 환경보존을 위해서는 여러 사람이 모두 나서야 합니다. 나 하나쯤이야, 하는 생각이 환경을 망치는 지름길입니다.

얼마 전 신문에서 불교단체들이 '아나바다운동'이라는 것을 한다는 기사를 보고 아주 감명을 받은 적이 있습니다. 아나바다가 무슨 뜻인가 했더니 '아껴 쓰고, 나눠 쓰고, 바꿔 쓰고, 다시 쓰기'를 줄인 말이라고 합니다. 물자가 넘쳐서 너무 소비적인 삶을 살다 보면 온갖 쓰레기를 양산하게 되는데 이걸 막기 위해 아껴 쓰고, 나눠 쓰고, 바꿔 쓰고, 다시 쓰자는 것입니다. 이런 운동은 아주 좋은 아이디어로, 지속적으로 이루어져야 하는데 그러자면 제도적 뒷받침이 있어야 한다는 생각이 들었습니다.

시인 최근 종교단체를 중심으로 전개되는 생활협동조합운동도 또 다른 의미의 환경운동이라고 봅니다. 요즘 시골은 농약 없이는 농사를 못 짓습니다. 생산 원가라도 건지려면 불가피하다는 것입니다. 그러나 이로 인해 도시 사람들은 과일, 채소는 물론이고 모든 농산물에 잔류된 농약을 걱정해야 할 지경에 이르렀어요. 그래서 요즘은 비싸더라도 무농약 식품이라면 날개가 돋친 듯 팔린다고 해요. 이런 문제를 해결하기 위해 종교단체가 농촌과 도시를 연결해서 농민에게는 높은 생산가를 보장해주고 도시민에게는 건강식품을 보장해주는 사업을 하는 것입니다. 물론 이런 운동이 환경문제에 대한 근본적인 대책은 아닙니다. 하지만 환경보존을 위한 주목할 만한 운동임에는 틀림없습니다.

스님 날이 갈수록 악화되는 환경을 지키기 위해서는 전방위적인 노력이 뒤따라야 합니다. 그중에서도 가장 근본적인 것은 우리의 생각을 바꾸는 것입니다. 욕심을 조금만 줄이자, 조금만 불편을 감수하자, 나보다는 남을 먼저 생각하자, 이런 쪽으로 우리의 생각을 바꾸어나가야 합니다. 그렇지 않으면 우리는 파괴된 자연으로부터 엄청난 보복을 받을 것입니다. 이미 가깝게는 식품에서도 그것이 나타나고 있지만 그 범위가 홍수, 지구온난화, 기상이변으로도 나타나고 있습니다. 세계를 휩쓸고 있는 자연재앙은 환경문제에 소홀하면 어떤 일이 생길지 모른다는 것에 대한 경고로 받아들여야 합니다.

시인 개발이 불가피하더라도 자연치유력을 넘어서는 것은 정말 조심해야 합니다. 앞에서도 말했지만 자연은 우리만 쓰는 것이 아니라 다른 생명들도 쓰고 먼 훗날 후손들까지 사용해야 한다는 생각을 가져야겠지요. 결코 자연을 정복이나 지배, 또는 소유의 대상으로 보면 안 됩니다.

아까 스님은 동양사상 특히 불교사상은 자연과 인간을 이원대립적인 것이 아니라 불이(不二)의 관계로 파악한다고 말씀하셨는데 이러한 생각이야말로 현대 환경운동의 중심 사상입니다. 그렇다면 앞으로의 환경운동은 불교가 앞장서야 합니다. 환경보전에 적극 나서는 것이 생명의 소중함을 일깨우는 불살생과 자비사상을 가르치는 종교운동이 될 것입니다.

스님   좋은 말씀입니다. 불교가 이 일에 앞장서도록 저도 노력을 하겠습니다. 선생님도 좋은 시를 많이 쓰셔서 사람들에게 환경의 소중함, 자연의 소중함을 많이 일깨워 주십시오. 이런 일은 같이 해야 성과도 커집니다. 그런 의미에서 오늘 저녁은 발우공양을 해보시지요. 일어나 공양하러 가십시다.

산은 날더러 들꽃이 되라 하고
강은 날더러 잔돌이 되라 하네
산서리 맵차거든 풀 속에 얼굴 묻고
물여울 모질거든 바위 뒤에 붙으라네
민물 새우 끓어넘는 토방 툇마루
석삼년에 한 이레쯤 천지로 변해
짐부리고 앉아 쉬는 떠돌이가 되라네
하늘은 날더러 바람이 되라 하고
산은 날더러 잔돌이 되라 하네

욕망, 만질수록 커지는 괴물

시인　도시에서는 한시도 뉴스를 보지 않으면 살 수가 없습니다. 아침에 일어나면 신문을 보아야 하루를 시작하고 저녁에는 텔레비전 뉴스를 보아야 하루가 끝납니다. 마치 무슨 뉴스중독증 환자 같지요. 그러나 며칠 산사에서 머물다 보니 세상 일은 까마득하게 잊어버리게 되는 것 같네요. 뉴스를 안 보고 안 듣고 해도 전혀 불편한 것이 없습니다. 그래서 수도를 하려면 인적이 드문 산에 머물러야 하는가 보지요.

스님　요즘은 통신과 교통이 발달해서 산중이라고 해도 신문과 방송이 다 들어옵니다. 그러다 보니 도시와 산중의 구분이 없어졌습니다. 이런 환경이 수행하는 데는 별로 좋지는 않습니다. 세속의 이런저런 얘기를 듣고, 보고 하다 보면 견물생심(見物生心)이라고 아무래도 마음이 산란해지고 없던 욕심도 자꾸 생기게 마련입니다. 예를 들어 옛날에는 산중에 냉장고 같은 것이 없었습니다. 그래도 음식이 잘 보관됐습니다. 그런데 요즘은 절에도 냉장고가 있어야 음식이 보관됩니다. 편해진 것은 사실이지만 그런 것들을 하나하나 사들이고 사용하다 보면 결국은 물질의 노예가 되어버리지 않을까 걱정입니다.

시인　그래도 절방은 아직은 소박합니다. 천장만 덩그러니 높고 사방으로 하얀 벽지를 발라 놓은 절방에 앉아 있다 보면 그동안 속가에서 가득 채운 것을 다 비워내야 될 것 같은 생각이 듭니다. 이렇게 살다보면 자연 욕심도 없어지고 도사가 될 것 같은 착각이 들 정도입니다. 이런 것을 가리켜 수행 환경이라고 하는 것이 아닌가 하는 생각이 들어요.

며칠째 스님들 생활을 옆에서 보니 확실히 속인에 비하면 거의 소유물이 없는 것 같아요. 우리 같은 속인은 집에 가면 별별 것이 다 있습니다. 처음에는 필요할 것 같아 사들였다가 나중에는 쓰지 않고 내버려두는 것이 한두 가지가 아닙니다. 살펴보면 살림살이의 절반 이상이 이런 물건투성이일 것입니다. 그런데 절에 며칠 있다 보니 처음에는 이것저것 불편하더니 이내 불편한 것도 사라지는 것 같아요. 그만큼 소박해졌다고 할까. 어쨌든 많은 것을 소유하지 않고도 생활할 수 있다는 것이 신기할 지경입니다.

스님　불교의 수행자는 옛날부터 소유를 엄격하게 제한하고 있습니다. 개인적 소유재산이라야 '삼의일발(三衣一鉢)'이라 하여 옷 세 벌과 밥그릇 하나가 전부입니다. 그 외의 모든 것은 원칙적으로 모두 공동소유입니다. 이를 사방승물(四方僧物)이라고 합니다. 사방에 있는 승려들이 같이 쓰는 물건이라는 뜻입니다. 절에 있는 냉장고나 텔레비전, 자동차는 원칙적으로 그 소유자가 개인이 아니라 사중(寺中)입니다.

수행자의 사적 소유를 이렇게 제한하는 데는 몇 가지 이유가 있습니다. 우선 무엇을 자꾸 많이 가지면 소유욕과 집착이 생겨 번거로워집니다. 이는 수도생활에 방해가 됩니다. 또 한 가지는 수행자는 모든 의식주를 시주의 보시에 의존하는데 많이 소유하게 되면 그만큼 신세를 많이 져야 합니다. 얻어먹고 얻어 쓰는 주제에 소유가 넘치는 것은 사치입니다. 그리고 생활방식 자체가 많은 것을 소유할 수 없도록 되어 있습니다. 수행자를 운수(雲水)라고도 하는데 이는 한곳에 머물지 않고 구름이나 물처럼 떠돌아다닌다는 뜻에서 붙여진 이름입니다. 전세방도 없이 이사를 자주 다녀야 하는데 짐이 많으면 그게 오히려 불편합니다.

시인 소유가 많다고 그것이 곧 행복을 보장하느냐 하면 반드시 그렇지는 않습니다. 소유가 번거로울 때가 더 많지요. 예를 들어 요즘 선물용이나 기념품으로 만들어 돌리는 전자시계가 그렇습니다. 전자시계가 처음 나왔을 때인 1970년대 후반만 해도 손목시계 값이 매우 비쌌지만 요즘은 만 원 안팎이면 시계를 살 수 있어요. 학교나 기업, 무슨 단체 같은 곳에서 사은품으로 로고가 찍힌 시계를 주는데 모아두다 보면 몇 개씩 될 때가 있습니다. 이런 것을 받고 좋아할 때도 있었지만 이제는 시계가 몇 개씩 되다 보니 처치곤란입니다. 남을 주자니 그렇고 혼자 가지자니 손목은 하나고……. 그래서 이젠 전자시계는 애물단지가 되고 있습니다. 옛날 전자시계가 귀할 때는 그렇게 소중하던 것이 시계가 흔해지고 많아지니까 도리어 애물단지가 된다는 것은 소유에 대해 많은 것을 생각하게 합니다. 그것은 우리가 많은 것을 소유했다고 결코 행복해지는 것이 아니라는 것입니다. 작은 것에서 만족할 줄 모르면 우리는 영원히 행복해지기 어려울지도 모릅니다.

스님　　얼마 전에 독일의 경제학자 슈마허라는 사람이 쓴『작은 것이 아름답다』는 책을 읽은 적이 있습니다. 이 사람은 한때 미얀마 정부의 경제 고문을 지내기도 했다고 하는데 그는 세계적으로 행복지수가 가장 높은 나라를 미얀마라고 보고 있습니다. 물질적으로는 가난하지만 정신적으로 행복을 느낀다는 것입니다. 이것은 적게 갖는 것으로 행복해 하는 소욕지족(少欲知足)을 실천하기 때문이라는 것입니다.

이 사람은 검소와 절제를 기조로 하는 불교적 경제관을 바탕으로『작은 것이 아름답다』는 책을 써서 노벨경제학상 후보에 오르기도 했다고 합니다. 슈마허는 이 책에서 소비의 극대화를 위해 물질주의적 성장과 개발을 지향하는 현대 경제학의 방법에 대해 본질적인 의문을 제기합니다. 그중 한 대목을 보면 이런 말이 있습니다.

불교도들의 생활양식을 보면 놀랄 만큼 적은 수단으로 크게 만족하는 생활을 한다. 경제학자에게는 이 점이 대단히 이해하기 어렵다. 경제학자는 언제나 보다 많이 소비하는 사람이 적게 소비하는 사람보다 잘산다고 가정하고, 연간 소비량에 의해 '생활수준'을 측정하려 한다. 그러나 불교도들은 이러한 방식을 불합리하다고 생각한다. 그들은 소비는 인간 행복의 단순한 수단일 뿐이며, 목적은 최소한의 소비에 의해 최대한의 행복을 얻는 데 있다고 믿는다.

시인　그렇지만 저는 물질적으로 가난한 미얀마 사람들이 행복지수가 가장 높다는 이야기를 액면 그대로 받아들이지는 않습니다. 가진 자의 사치한 생각일 수도 있지요. 또 그것은 슈마허의 환상이거나 오판일 수도 있습니다. 적어도 우리 경험에 비추어보면 그래요.

예를 들면 한 100년 전만 해도 우리는 정말 가난했습니다. 지금으로서는 상상도 못할 정도였습니다. 가령 요즘도 절대빈곤에 시달리는 아프리카 르완다 사람들에게 만족할 줄 알아야 한다면 그들은 그것을 수긍할까요. 이를 생각하면 만족할 줄 알아야 한다는 것은 어느 정도 물질적 소유가 보장된 다음의 일일 것입니다. 만족할 만한 물질도 없는데 만족하라는 것은 굶어 죽으라는 말과 동의어입니다. 불교에서 무소유(無所有)를 말하는 것을 들으면 때로 위선이 아닌가 하는 생각이 들 때도 있는데 이는 인간의 삶을 좀 더 구체적으로 살펴주지 않는 것 같다는 느낌 때문입니다.

스님　불교에서 무소유를 말하는 것은 소유 자체를 부정하라는 것이 아닙니다. 그것은 소유에서 오는 집착을 끊으라는 것입니다. 왜 이렇게 말하는가 하면, 인간은 항상 모든 것이 영원한 것으로 착각하며 사는 데서 온갖 탐욕적 집착을 일으키기 때문입니다. 돌아보면 우리는 누구나 영원히 늙지 않을 것으로, 병들지 않을 것으로, 죽지 않을 것으로 생각하며 삽니다. 그렇지만 인류의 역사가 시작된 이래 영원히 늙지 않고, 병들지 않고, 죽지 않은 사람은 아무도 없습니다. 그런데도 그렇게 생각하는 것은 존재의 실상을 바로 보지 못하기 때문입니다. 이것을 안다면 그렇게 살이 떨릴 만큼 무서운 집착으로 살지는 않을 것입니다.

불교에서 무소유를 말하는 것은 지나친 집착에서 오는 소유를 줄여야 편안해진다는 것을 가르치기 위해서 입니다. 방금 손목시계 말씀을 하셨는데 사실이 그렇습니다. 시계가 두 개, 세 개 있어 봐야 결국 손목에 차는 것은 한 개 뿐입니다. 그런데도 두 개, 세 개를 소유하려고 욕심을 부리는 것은 바보 같은 짓이고, 어리석은 짓이라는 것이지요.

시인　그 말씀을 하니 스님의 시 '재 한줌'이 생각납니다.

재 한줌

어제 그저께 영축산 다비장에서
오랜 도반을 한줌 재로 흩뿌리고
누군가 훌쩍거리는 그 울음도 날려보냈다.

거기, 길가에 버려진 듯 누운 부도
돌에도 숨결이 있어 검버섯이 돋아났나
한참을 들여다보다가 그대로 내려왔다

언젠가 내 가고 나면 무엇이 남을건가
어느 숲 눈먼 뻐꾸기 슬픔이라도 자아낼까
곰곰이 뒤돌아보니 내가 뿌린 재 한줌뿐이네

이것은 다른 이의 죽음을 통해 자신의 죽음을 미리 본 사람의 감상입니다. 이렇게 깨닫는다면 집착하고 소유할 것이 없겠지요. 그렇지만 불자들에게 '입으로는 무소유, 무소유 하면서 왜 소유를 버리지 못하느냐'는 질문을 한다면 뭐라고 답변할지 궁금해요. 누구를 비난하기 위해서가 아니라 소유와 무소유의 길항관계를 어떻게 이해해야 할지 혼란스러운 때가 많아서 하는 말입니다.

스님 그것은 방금 말했듯이 아무 것도 가지지 말라는 뜻은 아닙니다. 인간은 기본적으로 소유를 하지 않으면 살 수가 없습니다. 최소한의 소유라고 할 수행승들의 삼의일발도 결국은 소유입니다. 또 현대에 들어와서는 수행승도 돈이 없으면 살아가기 어렵습니다. 미국을 가려면 비행기를 타야 하는데 돈이 없으면 어떻게 비행기표를 살 수 있겠습니까. 그래서 수행자의 소유 문제는 부처님이 돌아가신 직후부터 승단의 큰 쟁점이었습니다.

인도의 베살리라는 곳은 옛날부터 상업이 발달한 도시였는데 이곳에 사는 비구들은 생활환경이 바뀌었으니 금은(金銀), 요즘 말로 하면 금전을 소유하는 것이 계율에 어긋나는 것이 아니라는 주장을 합니다. 그래서 보수파 장로들과 큰 시비가 생겨 결국 교단이 보수파와 진보파로 분열하게 되는 원인을 제공합니다. 그만큼 소유 문제는 세속에서만이 아니라 출가 사회에서도 문제가 되고 있습니다.

그러면 이에 대한 정답이랄까 기준은 무엇이냐 하는 것인데, 나는 '무소유'가 아니라 '무집착'을 실현해야 한다고 봅니다. 무소유란 어차피 불가능한 것입니다. 물질적 수단 없이 인간의 생활은 도저히 영위되지 않습니다. 석가모니 부처님도 옷을 입어야 하고 밥을 먹어야 하고, 이슬을 피할 수 있는 집에서 자야 합니다. 그러자면 돈이 필요합니다. 부처님 당시 재가신자들은 이를 위해 집도 지어 주었고 옷도 해주었습니다. 돈이 들어가는 생활을 했습니다. 이것은 아무리 부처님일지라도 완벽한 무소유는 죽기 전에는 어떤 경우에도 불가능하다는 것을 말해주는 것입니다. 다만 이 경우라도 부처님이 강조한 것은 재물이나 물질적 소유에 지나치게 집착하는 것은 옳지 않다는 것입니다. 왜냐하면 그것이 지나치면 모든 불행과 고통이 거기서 생겨나기 때문입니다.

정리하면 이렇습니다. 무소유란 모든 것을 버리라는 것이 아니라 지나치게 집착하지 말라는 것입니다. 돈은 벌어야 하지만 정당하게 벌고 정당하게 써야 합니다. 이것에 대해서 불교는 나쁘다고 말하지 않습니다. 오히려 소유하지 않으면서 더 강한 집착을 가지고 소유하려 하는 것이 문제가 됩니다. 인간사회란 사실 그것으로 인해 온갖 시비가 생기고 싸움이 일어나는 것이기 때문입니다.

시인　그렇게 설명을 해주시니 무소유와 무집착의 문제가 어느 정도 이해가 되는 것 같습니다. 사실 저는 옛날 사람이 남긴 노래 중에 '나물 먹고 물마시고 팔을 베고 누웠으니 대장부 사람살이 이만하면 족하도다'라는 대목이 참 싫었습니다. 과연 그럴까, 나도 그렇게 될 수 있을까를 생각하면 아무래도 수긍이 되지 않았어요. 저는 이 노래가 가난에 대한 자조적인 노래이지 진짜 행복해서 부르는 노래라고 생각하지 않습니다. 옛날 시골에서 이런 노래를 부르는 사람들은 대개 못난 사람들이었습니다. 진취적이지 못하고 부지런하지도 않은 사람이 그것을 변명하기 위해 하는 말이 아니냐 하는 것입니다. 스님 말대로 물질에 대한 지나친 집착이 인간을 불행하게 만들 듯이 지나친 무소유나 가난은 또 다른 의미에서 인간의 품위를 떨어뜨리고 불행하게 만듭니다. 이에 대한 균형이랄까 확실히 자기 소신이 필요하다고 봅니다.

스님　옛날 토정 이지함은 이렇게 말한 적이 있습니다. 어떤 사람이 세상에서 제일 귀한 사람은 벼슬을 하지 않은 사람이라고 하니까 그는 이렇게 토를 달았습니다. '벼슬이 하고 싶은데도 못하는 사람도 귀하냐, 그건 아니다. 능히 벼슬을 할 수 있는데 하지 않은 사람이 귀하다.' 이 말을 무소유의 문제에 빗대서 말하면 이렇습니다. 세상에서 청빈한 사람, 무소유적인 삶을 사는 사람이 어떤 사람이냐. 아무 것도 안 가진 사람, 빈털터리, 거지가 청빈하고 무소유한 사람이냐. 그건 아니다. 갖고 싶은데 못 갖는 거지는 못난 사람이고, 능히 가질 수 있는 사람이 안 가졌을 때 청빈하고 무소유한 것이라고 말할 수 있을 겁니다.

무소유, 무집착 얘기가 나오면 떠오르는 것이 저 '허유세이(許由洗耳)'의 고사입니다. 그야말로 중국의 요순시대에 요임금이 순임금한테 왕위를 물려주기 전에 허유에게 천하를 다스려달라고 부탁했다고 합니다. 그가 거절하자 요임금은 다시 중국 땅이라도 맡아달라고 하자 허유는 이를 거절하고 '구질구질한 말을 들었으니 내 귀가 더러워졌다'며 흐르는 물에 귀를 씻었습니다. 이 얘기를 들은 그의 친구 소부(巢父)는 '은자는 은자라는 이름조차 밖에 알려지게 해서는 안 된다'면서 망아지를 끌고 상류에 올라가 물을 먹였습니다. 허유가 귀를 씻은 더러운 물을 망아지에게 먹일 수 없어서 그랬다고 합니다.

이야기가 조금 빗나갔는지 모르겠으나 허유의 얘기에서 간과해서 안 될 대목도 소유 자체를 부정한 것이 아니라 소유에 대한 집착이 불러올 문제를 차단해야 한다는 것이 아니냐 하는 생각입니다. 그래야 여기서 생기는 오해를 줄일 수 있다고 봅니다.

시인 그렇지만 집착의 문제도 너무 나쁜 쪽으로만 말하는 것은 문제가 있다고 봅니다. 저처럼 글 쓰는 입장에서 보면 인간으로서 완전히 집착을 버린다는 것은 불가능합니다. 글 쓰는 자체가 욕심과 집착이 있어야 동기가 되지, 욕심과 집착이 없으면 글을 못 씁니다. 아름다운 시 한 편을 써서 자기 이름을 알린다는 욕심이 없으면 어떻게 글을 쓰겠습니까. '무소유'에 대한 글을 쓰는 사람, 그 사람 자신도 자기 이름에 대해서 욕심과 집착이 없으면, 글로써 자기 생각을 알리겠다는 욕심이나 집착이 없다면 글을 안 쓸 겁니다. 허유의 무욕에 대한 말씀도 결국 그는 자기 이름을 더럽히지 않겠다는 욕심과 집착이 있었다고 보아야 합니다. 따라서 욕심과 집착이라는 걸 반드시 부정적으로 볼 것은 아닙니다. 그것이 없으면 역사가 이만큼 발전할 수 없었을 겁니다.

조금 다른 얘기입니다만 제가 1997년에 중국에 가서 '민요기행'이라는 걸 한 적이 있습니다. 한 달 정도 중국 동북지방을 여기저기 다니며 우리 민요가 얼마나 남아 있는지 조사한 적이 있는데, 중국 조선족 사이에는 옛날 민요가 많이 남아 있었습니다. 이것을 소유와 집착의 문제와 결부해서 생각해보면 우리나라 사람은 집착이 참 강하다는 생각이 듭니다. 다른 나라 사람에 비해 우리나라 사람들은 우리의 것을 잘 못 버립니다. 음식도 그렇고, 말도 그렇고, 문화도 그렇고 중국 안에서도 가장 동화가 안 되는 민족이 우리나라 사람이라고 합니다.

스님 그래서 저는 집착도 집착 나름이라고 생각합니다. 다시 말해 팔정도에 의해 바른 삶을 사는 것은 '집착을 넘은 집착'입니다. 선가의 조사어록에 보면 '구자사자 개시염오(求者捨者 皆是染汚)'라는 말이 있습니다. '구하는 것이나 버리는 것이나 다 자기를 더럽히는 것이다'라는 말인데 이것은 집착하는 것이나 집착을 버리는 것이 다 집착 때문에 생기는 것이니 사실은 참다운 무집착이 아니라는 것입니다. 소부의 말을 빌리면 은자는 은자라는 소문 자체가 나지 않도록 해야 하는데 이미 소문을 냈으니 더럽혀졌다는 뜻입니다. 그러니 나는 무엇을 구한다, 나는 무엇을 버린다, 나는 무소유다 그런 소리도 하지 말라는 것입니다. 그 대신 하루하루 매사에 정직하게 일해서 바르게 사용하면 그것이 바른 것이 됩니다. 사심 없이 정직하게 사는 것이 무소유이고 무집착이라는 말입니다.

시인 저도 저 나름으로는 욕심을 버리고 살자는 생각을 하지만 문학에 대한 욕심만은 버릴 생각을 해본 일이 한 번도 없습니다. 버려서도 안 된다고 생각합니다. 그런 것이 없으면 문화의 역사도 문명의 역사도 만들어내지 못합니다. 제가 외국을 다니면서 느낀 것은 사람의 욕심이라는 것이 문명도 만들고 환경도 더럽히지만 긍정적인 면도 많이 있다는 것입니다. 인간이 가진 본능적 욕심을 부정하고 그것이 역사의 동력이 되어서는 안 된다고 생각한 사회주의가 몰락한 것은 이 문제를 생각하는 데 좋은 참고가 될 것으로 봅니다.

스님   욕망이나 집착의 문제를 너무 부정적으로 말하는 것에 문제가 있다는 선생님 말씀에 동의합니다. 사실 모든 생명이란 다 조금씩 욕심이 있습니다. 살려고 하는 것 자체가 욕심입니다. 문제는 이 욕심을 어떻게 사용할 것인가 하는 것인데 나는 불교의 팔정도 가운데 정정진(正精進)이 좋은 방향이라고 봅니다. 선생님이 말씀하시는 좋은 시를 쓰겠다는 것은 바로 정정진입니다. 정직하게 행동하고 그래서 남한테 피해도 주지 않고 남에게 도움을 주면서 바른 생각으로 바르게 노력해 나가는 것, 이것이 정정진입니다. 이런 것은 아무리 강조해도 지나친 것이 아닙니다. 우리말에도 '일에 욕심이 있어야 한다'는 것은 사람들이 일상적으로 쓰는 좋은 말입니다. 일 욕심, 공부 욕심은 가져야 합니다.

자세히 살펴보면 이렇게 모든 생명은 사람이든 풀이든, 나무든 개든, 뭔가 되고 싶은 욕심이 있습니다. 이것은 본능이라고 생각합니다. 풀 한 포기도 꽃을 피우고 열매를 맺고 싶어 합니다. 동물은 새끼를 낳아 기르고 싶어 하고……. 선생님의 문학에 대한 욕심도 본능에서 오는 욕심이죠. 위대한 시인이 되고 싶다는 생각으로 좋은 시를 썼을 때 많은 사람들에게 감동을 주고 공감을 불러일으키게 됩니다.

시인　결국 욕망이나 욕심, 집착은 그 본질이 생명력과 관계가 있는 것으로 보아야 할 것 같습니다. 일반적으로 생각해보면 우리들이 뭔가 되고 싶다는 욕심은 나쁜 것도 좋은 것도 아닙니다. 사람이 살면서 자기의 생을 아름답게 만들고 싶고 자기가 속한 세상을 아름답게 만들고 싶은 것도 욕심인데 불교에서는 그런 욕심까지도 버리라고 얘기하는 것은 아니겠지요. 그런데 사람들은 불교는 그런 것마저 버리라는 식으로 잘못 이해하고 있어요.

스님　무엇이 '되고 싶다'라고 하는 것을 세속적으로 얘기하면 장사하는 사람들은 돈을 벌고 싶다, 정치하는 사람들은 대통령이 되고 싶다, 연애하는 사람들은 애인을 꼭 소유하고 싶다는 욕망의 표현입니다. 이것이 좋냐 나쁘냐를 따지기는 매우 어렵다고 봅니다. 겉으로 드러난 것과 속에 감춰진 것이 다르고, 그것을 달성하는 과정도 다르기 때문입니다. 우리가 욕망의 긍정성을 인정한다거나 부정성을 강조한다고 해도 마찬가지입니다. 그보다도 우리가 착안해야 할 점은 불교가 왜 이 문제에 대해 끊임없이 경고를 보내고 있는가 하는 점입니다.

내가 보기에 불교의 입장은 이런 것입니다. 욕망이나 집착이 인간의 삶을 괴롭게 만드는 요인이 될 수 있다는 점을 지적해주고자 한다는 것입니다. 결국 좋은 일이라고 하는 것도 그 끝은 인간의 삶을 괴롭게 만든 요인이 될 수 있습니다. 이것을 알지 못하면 그로 인해 괴로움이 생길 때 당황하게 됩니다. 나는 좋은 의미에서 이런 일을 하려고 하는데 왜 자꾸 나쁜 결과가 나오느냐, 그것을 인정하지 못하겠다고 발버둥치게 됩니다. 이것이 인간을 더욱 힘들게 합니다.

그래서 불교는 욕망의 반대쪽을 살피라고 말하는 것입니다. 탐욕이나 본능은 우리가 무엇인가를 하고 싶어 하는 것을 말하는데 그것을 자제하라는 것입니다. 거기에서 새로운 삶의 모습을 찾아내라고 합니다. 그렇게 될 때 정직한 시, 위대한 시도 거기에 있을 것이고, 돈도 남을 밟고 넘어서는 것이 아니라 정당한 방법으로 벌 것이고, 정치도 권모술수에 의한 것이 아니라 정당하게 정도를 걸어가는 그런 정치를 할 수 있다는 것입니다. 이것이 정정진(正精進)의 정신이라고 보면 됩니다.

시인 그러면 우리는 왜 욕망의 노예가 될 수밖에 없는가가 문제가 되는데, 여기에 대해서 한 말씀 해주시지요.

스님 이렇게 되면 교리강좌를 하는 것이 되는데, 기왕 질문을 하셨으니 간단하게 답변을 드리겠습니다.

" '무소유'가 아니라 '무집착'을 실현해야 한다고
봅니다. 무소유란 어차피 불가능한 것입니다.
물질적 수단 없이 인간의 생활은
도저히 영위되지 않습니다. 석가모니 부처님도
옷을 입어야 하고 밥을 먹어야 하고,
이슬을 피할 수 있는 집에서 자야 합니다.
그러자면 돈이 필요합니다.
부처님 당시 재가신자들은 이를 위해
집도 지어주었고 옷도 해주었습니다.
돈이 들어가는 생활을 했습니다.
이것은 아무리 부처님일지라도
완벽한 무소유는 죽기 전에는 어떤 경우에도
불가능하다는 것을 말해주는 것입니다. "

불교에서는 인간을 불행하게 만드는 것이 무엇이냐를 따질 때 세 가지 독소를 지적합니다. 이를 탐진치 삼독(三毒)이라고 합니다. 탐(貪)은 탐욕이고, 진(瞋)은 증오이고, 치(痴)는 어리석은 망상을 말합니다. 이 세 가지가 인간의 삶을 불행하게 만드는 독소라는 것이지요. 문제는 이 탐욕이 어디서 오느냐 하는 것인데 불교에서는 무명(無明) 때문이라고 합니다. 무명은 지혜롭지 못하다, 미혹하다는 뜻입니다. 왜 지혜롭지 못한가. 존재의 실상을 바로 보지 못하기 때문입니다.

불교가 지적하는 인생의 현실은 세 가지입니다. 제행무상(諸行無常), 제법무아(諸法無我), 일체개고(一切皆苦)입니다. 제행무상은 모든 존재는 시간적으로 영원하지 않고 변해 간다는 것입니다. 사람이 태어나고 늙고 병들어 죽어가듯이 모든 만물은 그렇게 변해갑니다. 제법무아는 이렇게 변하는 존재는 고정불변하는 실체가 없다는 것입니다. 만약 어떤 것도 불변의 실체가 있다면 변하지 않겠지만 그런 것은 없습니다. 가장 단단한 금강석도 변하는 물질입니다. 이렇게 모든 것은 변하고 실체가 없으니 이는 괴로운 존재라는 것입니다. 이것이 우리가 처한 냉정한 현실입니다.

그러나 우리는 그것을 인정하지 않습니다. 영원할 것으로 알고 변하지 않을 것으로 생각합니다. 그러므로 고통을 즐거움으로 착각합니다. 이것이 어리석은 생각이고 지혜롭지 못한 생각이라는 것이지요. 이런 상태를 무명이라고 합니다. 다시 말하면 우리는 무명의 현실, 어리석음에서 벗어나지 못하므로 이기적 탐욕의 노예가 된다는 것입니다. 불교는 종교적 깨달음을 통해 무명을 걷어냄으로써 인생을 바르게 보는 안목을 열어주고자 하는 종교입니다. 또한 종교적 수련을 통해 삼독을 제거함으로써 집착에서 생기는 고통을 소멸시키고 완전한 행복을 성취시키고자 하는 것입니다. 이것이 불교에서 삼독심을 제거하려는 교리적 배경입니다.

시인 그러나 인간이란 숙명적으로 그 삼독심을 버리기가 어렵습니다. 사실 모든 인간 불행의 원인은 여기에 있다고 봅니다. 불교에서는 욕심을 버려야 할 이유와, 그 방법을 여러 가지로 제시하고 있지만 인간은 언제나 그 반대의 길을 걸어가려고 하는 속성을 가지고 있는 것입니다. 이 문제는 종교적 설교처럼 그렇게 단순하지도 간단하지도 않습니다.

제가 얼마 전에 읽은 책 중에 『오래된 미래』라는 것이 있습니다. '작은 티베트'라고 불리는 인도의 라다크를 방문한 네덜란드의 인류학자인 헬레나 노르베리가 그곳 사람들이 사는 모습을 보고 '이것이 진짜 사람답게 사는 세상이구나' 하는 감동을 받고 썼다는 책입니다. 그녀는 이 책에서 '그곳은 자연을 파괴하지 않으며, 사람을 중히 여기고, 공동체적인 삶을 아주 잘 영위하고 있다'고 보고하고 있습니다. 그녀는 이것이 진짜 인류가 함께 잘사는 길이라고 주장합니다. 많은 사람들은 인류문명의 발달을 기독교 사상에 의한 서구 문명의 길만 이야기하지만 라다크처럼 사는 길도 있을 수 있다는 것을 지적합니다. 그런데 무엇인가가 잘못돼서 서구 문명 하나만 있는 것으로 생각하다 보니 우리가 망해 가고 있다는 것입니다.

저는 이 책을 읽고 깊은 감동을 받았습니다. 감동받은 사람이 저뿐만 아니라 다른 사람들도 많은 감동을 받았던지 그 책이 나오자 여러 나라 사람들이 그곳을 다녀왔다고 합니다. 초기에 찾아간 사람들만 해도 라다크 사람들이 정말로 행복하게 살더라는 이야기를 전해 주었습니다.

그러나 한 5년이 지나 찾아간 사람들은 라다크의 젊은이들이 모두 도시로 나가서 청바지 입고, 달러를 달라고 손을 내밀고, 여자들은 술집에 나가고 있다는 이야기를 전해 왔습니다. 그런데 다시 10년 뒤에 찾아간 사람들 말에 의하면 거기도 다른 후진 자본주의 사회와 똑같이 달러가 최고의 가치가 됐다고 합니다. 모든 남자들은 전부 길거리로 나와 외국 사람들을 안내하고 돈벌이에 몰두하고 있다고 했습니다. 그때 그들이 라다크의 젊은이들을 보고 지금 당신들은 행복하냐고 물으니까 행복하다고 생각하는 사람들이 아무도 없더라는 겁니다. 이것은 인간이 욕망 앞에 얼마나 허무하게 무너지는가를 말해주는 예라고 봅니다.

욕망은 이렇게 만지면 만질수록 커지는 괴물과 같은 것입니다. 그런데 더 큰 문제는 이것을 억제할 장치가 없다는 것입니다. 아까 스님께서 미얀마 사람의 행복지수 얘기를 했는데, 거기에도 문명의 썩은 물이 들어가면 달라질 것이 분명합니다. 그 사람들이 불행해지는 것은 시간문제일 것 같습니다.

스님　그 말씀을 하니까 생각나는 것이 하나 있습니다. 우리나라에서 열린 월드컵 때의 일입니다. 네팔 왕국 근처에 부탄이라는 왕국이 있는데 이 나라의 왕이 국민들에게 월드컵 축구를 보도록 하기 위해 위성 텔레비전을 설치해 주었답니다. 아주 재미있게 월드컵을 본 것까지는 좋았는데 월드컵이 끝나니 자본주의적 상업문화가 판을 치게 됐다는 것입니다. 그래서 왕이 무척 골치를 앓고 있다고 합니다.

인간의 욕망이라는 것이 이렇습니다. 한 번 욕심을 부리고 좋은 것을 맛보면 점점 강도가 높아져야지 낮아지게 되면 불행을 느끼게 됩니다. 가난을 비관해서 자살하는 사람도 못사는 사람이 죽는 것이 아니라 잘살다가 못살게 된 사람이 참지 못하고 죽는 일이 더 많습니다. 그 정도면 다른 사람은 견딜 만한데 못 견디는 것입니다.

그래서 저는 부처님 말씀이 옳다고 봅니다. 부처님은 이렇게 말했습니다. "히말라야를 황금으로 둔갑시키고 그것을 다시 배로 늘린다 해도 인간의 욕망을 다스리지 못하는 한 그 욕심을 다 채울 수는 없다." 물론 절대가난이야 면해야겠지만 그렇다고 욕심으로 모든 것을 채우려 하면 안 된다는 것입니다. 조금 불편하고 힘들더라도 참을 줄도 알아야 합니다. 너무 편하게만 살려고 하면 도리어 병도 생기고 버릇도 나빠집니다. 옛날에는 겨울에 기온이 영하 30도 이하로 내려가도 감기에 쉽게 걸리지 않았는데 요즘은 툭하면 감기몸살입니다. 저항력이 그만큼 떨어진 것입니다. 그러니 무조건 많이 갖고 잘살려고만 발버둥칠 일이 아닙니다. 또 우리가 아무리 많이 가지려 해도 다 가질 수도 없습니다. 인생이란 기껏 살아야 70년입니다. 평균수명이 늘어 10년을 더 산대도 80년 안팎입니다. 그동안 소유했다고 내 것이 아닙니다. 결국은 빈손으로 갑니다. 욕심껏 소유하고 싶어도 소유할 수 없습니다. 불교용어로 말한다면 '불가득(不可得)'입니다. 어떤 것도 내 것이 아니고 소유할 수 없다는 것입니다. 불교는 사람들에게 이런 것을 깨달아야 한다고 설득하는 종교입니다.

시인　　스님 말씀이 옳기는 하나 과연 인간이 그렇게 될 수 있을지는 의문입니다. 사회주의에서는 인간은 교육시키면 선해질 수 있다고 보고 탐욕을 억제하는 제도, 사회적 공동생산과 분배를 구현하고자 했지만 실패했습니다. 그렇다면 결국 불교의 종교적 노력도 실패로 끝나는 것이 아닐까 하는 생각을 하지 않을 수 없습니다.

스님　　저도 과연 인간이 그렇게 될 수 있을지를 회의하지 않는 것은 아닙니다. 그렇지만 다시 생각해볼 일은, 그렇다면 이 길 외에 다른 대안이 있는가 하는 점입니다. 저는 없다고 봅니다. 비록 비능률적이고 힘들지만 이 길밖에 없습니다.

시인　　그러나 불교를 안 믿는 사람들은 불교가 세속적인 삶을 지나치게 무시하거나 부정하기 때문에 현실과는 동떨어진 허무주의 또는 관념주의 아니냐 하는 생각을 하는 것 같습니다. 스님의 설명을 들어보면 불교에서 욕심을 버리라고 말하는 것은 결국 우리의 삶을 포기하라는 뜻이 아니라 무엇이 진정한 행복인지 고통인지 다시 한 번 살펴보아야 한다는 것인데 이를 너무 축자적(逐字的)으로 받아들이는 것에서 현실과 동떨어진 교리가 되는 것이 아닌가 싶습니다. 그래서 하는 말인데 불교에서는 욕심의 문제를 좀 다르게 설명할 방법이랄까, 긍정적으로 말하는 방법은 없는지 궁금합니다. 욕심 없이 살라고 하지만 그렇게 사는 사람도 보지 못했거니와 욕심 없이는 살아지지도 않습니다.

그리고 다른 측면에서 본다면 욕심이란 역사와 문화를 창조하는 동력이기도 합니다. 만약 인간에게 하늘을 날고 싶은 욕심이 없었다면 비행기는 만들지 못했을 것이고, 빨리 달리고 싶은 욕심이 없었다면 고속철도는 꿈도 꾸지 못했을 것이며, 오래 살고 싶은 욕심이 없었다면 의학도 발달하지 못했을 것입니다. 그렇다면 오히려 욕심이 없는 것이 문제지, 있는 것이 문제일 수는 없다는 반론이 가능해집니다. 불교가 무집착이나 무욕을 말하려면 먼저 이 문제에 대해 대답하는 것이 순서일 것입니다.

스님 불교에서 욕망에 대한 부정의 논리를 펴는 것은 우리의 고정관념을 타파하는 데 뜻이 있습니다. 부정을 통해 긍정을 이루라는 것입니다. 성철 스님이 종정이 되실 때 '산은 산, 물은 물'

이라는 법문이 그런 뜻입니다. 이 말은 성철 스님이 새로 만든 것이 아니라 예부터 있던 말입니다. 우리는 산을 산, 물을 물이라고 합니다. 이것이 산산수수(山山水水)입니다. 하지만 그것을 자세히 보면 산은 나무와 흙으로 이루어진 것이지 산이 본래 산으로 있던 것이 아닙니다. 그러므로 산은 산이 아니요, 물은 물이 아닙니다. 이것을 산시비산 수시비수(山是非山 水是非水)라고 합니다. 그러나 다시 살펴보면 산은 산이 아니라고 하는 것이 더 이상하고, 물은 물이 아니라는 것이 도리에 맞지 않습니다. 실상을 확실히 보면 산은 산이고 물은 물입니다. 그래서 산을 산이라 하고 물을 물이라 하는 것입니다. 이것을 산시산 수시수(山是山 水是水)라고 합니다. 예전에 제가 탄허 스님을 만나 뵈었더니 스님이 아주 재미있는 비유를 들어 이를 풀이해 주었습니다. 스님의 비유는 이렇습니다. 콩이 책상 위에 있을 때는 콩이지만 땅에 심으면 콩이 아닙니다. 콩이 해체되는 겁니다. 그러다가 다시 때가 되어 열매를 맺으면 더 많은 콩이 됩니다. 철학적으로 말하면 이런 것을 변증법이라고 하는데 이 비유를 욕망에 빗대면 이렇게 됩니다.

욕망을 욕망인 채 내버려두면 아주 고약하고 몹쓸 것이 되기 쉽습니다. 정치를 해도 부정을 저지르기 쉽고, 경제를 해도 사기를 치기 쉽습니다. 문학을 하면 표절을 하게 되고, 스포츠를 하면 규칙을 지키지 않습니다. 그런 욕심을 걸러내기 위해서는 욕망이 얼마나 허망한 것이고 더러울 수 있는지를 알게 해야 합니다. 그래서 그것을 부정하고 해체해야 합니다. 그래야 참으로 훌륭한 무엇이 됩니다. 위대한 시나 위대한 정치나 위대한 경제는 여기서 만들어집니다. 이것을 종교적으로 말하면 사랑이고 자비일 것입니다. 전면부정을 통해 전면긍정을 하게 되는 것입니다.

불교가 욕망의 문제를 집요하게 말하는 뜻도 그 자체를 부정하기보다는 부정을 통해 더 큰 긍정을 이뤄내기 위한 것으로 보면 됩니다.

시인 스님 말씀을 듣고 보니 석가모니의 생애가 바로 그런 것이 아닌가 하는 생각이 듭니다. 석가모니는 왕자의 신분으로 태어났으면서도 수행자가 됩니다. 출가 수행자가 되면 음식도 거칠고 잠자리도 불편하고 옷도 좋은 것을 입지 못합니다. 그것은 일체의 욕망을 포기하는 생활을 의미하는 것이겠지요. 이것을 알고도 출가를 하는 것은 모든 욕망을 충족할 수 있는 기득권마저 포기하겠다는 결심입니다. 그러나 부처님은 깨달음의 도를 얻으신 다음에 다시 세속으로 돌아와서 중생을 교화하는 종교인의 삶을 사십니다. 일체의 욕망이 허망한 것이라면, 아까 스님이 말한 대로 얻을 것도 버릴 것도 없고 그런 것이 도리어 사람의 깨끗함을 오염시키는 것이라면 굳이 그렇게 헌신적인 종교인의 삶을 살아야 할 필요가 없었을 것이겠지요. 그런데 그분은 죽을 때까지 무려 45년 동안 헌신적인 종교인의 삶을 살았습니다. 세속 사회로 돌아와서 왕들도 만나고 부자도 만나고 거지도 만나고 창녀도 만나고 별별 사람들을 다 만나면서요.

저는 이 부분이 매우 중요하다고 봅니다. 시간적으로 보면 세속적 삶을 떠난 시간은 고행을 하던 6년에 불과했습니다. 하지만 다시 세속으로 돌아와 사람들과 어울려 희로애락을 같이하면서 살아간 시간은 45년이나 됩니다. 물론 이 문제는 시간의 길이로 잴 수 있는 일은 아닙니다. 그보다는 얼마나 욕망의 포기에 철저했느냐, 중생구제의 의욕이 강했느냐가 측정의 자(尺)가 되어야 할 것입니다. 하지만 여기서 중요한 것은 세속적 욕망을 단절하기 위해 출가를 단행했던 부처님이 어떤 형태로든 다시 세속으로 돌아왔다는 사실입니다. 이것은 욕망과 관련해서 우리가 어떻게 생각하고 처신해야 하는지를 보여주는 상징적 행로가 아닌가 싶어요.

스님 아주 훌륭한 비유를 들어서 말씀하셨는데 저는 그보다 선생님의 시 '목계장터'가 더 좋은 대답이라고 생각합니다. 선생님의 '목계장터'는 마치 초탈한 고승이 들려주는 무욕의 법문 같은 것입니다.

'백담사 만해마을' 문학담당과장이요 시인이며 평론가인 손홍기 님의 부인이 인제읍에서 식당을 운영하는데 그 식당 상호가 '목계장터'입니다. 이 작품이 너무너무 좋아 상호로 택했다고 합니다. 아무튼 '목계장터'는 무욕하게 사는 사람의 소탈한 뒷모습이랄까, 큰 울림을 주는 시라고 생각됩니다. 선생님 목소리로 직접 한 번 들어봤으면 하는데 어떻습니까. 들려주시겠습니까.

시인　　무욕의 경지를 읊은 시야 스님이 쓴 것이 더 좋은 것이 많지요. 어쨌든 스님이 들려달라 하시니 한 번 외워보겠습니다.

목계장터

하늘은 날더러 구름이 되라 하고
땅은 날더러 바람이 되라 하네
청룡 흑룡 흩어져 비 개인 나루
잡초나 일깨우는 잔바람이 되라네
뱃길이라 서울 사흘 목계 나루에
아흐레 나흘 찾아가 박가분 파는
가을볕도 서러운 박물장수 되라네
산은 날더러 들꽃이 되라 하고
강은 날더러 잔돌이 되라 하네
산서리 맵차거든 풀 속에 얼굴 묻고
물여울 모질거든 바위 위에 붙으라네
민물 새우 끓어넘는 토방 툇마루
석삼년에 한 이레쯤 천지로 변해
짐부리고 앉아 쉬는 떠돌이가 되라네
하늘은 날더러 바람이 되라 하고
산은 날더러 잔돌이 되라 하네

스님 '목계장터'는 언제 들어도 절창입니다. '선시(禪詩)'라는 이름만 붙지 않았지 내용은 고승들의 높은 경지와 서로 맞닿아 있습니다. 선생님의 시를 듣고 있으면 고려 때의 고승 나옹선사가 욕심 없이 살라고 가르친 선시가 연상됩니다. 나옹선사는 이렇게 노래했습니다.

청산은 나를 보고 말없이 살라 하고(靑山兮要我以無語)
창공은 나를 보고 티 없이 살라 하네(蒼空兮要我以無垢)
사랑도 벗어 놓고 미움도 벗어 놓고(聊無愛而無惜兮)
물같이 바람같이 살다 가라 하네(如水如風而終我)

이 시를 보면 선생님의 가락과 비슷한 데가 느껴집니다. 그래서 저는 혹시 '목계장터'를 쓰기 전에 이 시에서 어떤 이미지를 따온 것이 아니냐 하는 생각을 하기도 했습니다.

시인 가끔 그런 말을 듣습니다. 그러나 이 시를 쓸 때는 나옹선사의 시를 보지 못했습니다. 다만 나옹선사의 시를 뒷날 누가 번역하면서 '목계장터' 풍으로 한 것이 아닌가 생각합니다.

스님 그럴 수도 있겠습니다. 얘기가 잠깐 옆으로 흘렀는데 다시 욕망과 소유, 그리고 행복의 삼각관계 문제로 좁히면 저는 모든 사람들이 나옹선사의 시처럼, 목계장터처럼 살 수는 없다 해도 그런 노력이랄까 훈련은 좀 많이 하는 것이 좋다고 봅니다.

우리가 너무 소유에 집착하지만 않는다면, 그리고 조금만 넉넉한 마음을 갖는다면 그만큼의 행복은 보장되는 것이 아니냐 하는 생각을 자주 합니다.

물론 저는 출가수행자이고, 또 중노릇이란 많은 것을 소유해야 하는 생활이 아닌 탓에 이런 말을 하는지도 모르겠습니다. 하지만 그렇다고 무한대로 소유하고 무한대로 소비한다고 행복할지는 의문입니다. 그렇게 할수록 우리는 더욱 탐욕에 목마르게 될 뿐입니다.

그런 점에서 저는 많은 사람들이 수행자들의 생활태도를 조금은 흉내 냈으면 합니다. 불교도, 특히 수행자들은 소비지수가 곧 행복지수라고 믿지 않습니다. 오히려 욕심을 줄이고 소비를 최소화함으로써 정신적 평안과 행복을 얻을 수 있다고 믿습니다. 수행자들의 이러한 태도는 물질주의적 소비만을 최고의 미덕으로 여기는 사람들에게 납득할 수 없는 몽상으로 비쳐질지도 모릅니다.

하지만 많이 비우면 비울수록 자유롭고 즐거운 삶도 있습니다. 너무 고정관념에 얽매이지 말고 이제부터라도 생활태도를 바꾸어 볼 일입니다.

시인   물질주의적 경제논리가 추구해 온 세속적 경제논리의 기등은 소비의 극대화와 이를 위한 무제한적 재화의 축적입니다. 사람들은 이러한 소비경제로부터 소외되지 않기 위해 극도의 긴장과 압박의 굴레에서 살기를 강요당하고 있습니다. 그리하여 마침내 '네 것도 내 것이고, 내 것도 내 것'으로 여기는 탐욕의 노예가 되어 갑니다.

사람들은 경제적 소외와 좌절을 무엇보다 두려워하게 되었고, 이는 마침내 재화의 축적을 위해 수단과 방법을 가리지 않은 형태로까지 발전하고 있는 것입니다. 그렇게 하지 않으면 극대화된 소비경제의 구조에서 살아갈 수 없기 때문이지요. 이런 형편에서 욕망과 소비를 줄이라는 것은 불행의 구덩이로 들어가라는 말과도 같습니다.

그러나 '종은 속을 비워야 그 소리를 멀리 보내고, 강물은 아래로 흘러야 바다에 이른다'고 했습니다. 채우는 것만이 좋은 것은 아닙니다. 위로 올라가는 것만이 행복해지는 것도 아닙니다. 비우고 내려가는 것이 행복의 비결이 될 수 있습니다.

무조건 가난하게 살라고 권하는 것은 아닙니다만 지금보다는 조금 더 가난해도 살아가는 데는 큰 불편이 없을 것입니다. 30년 전에 비하면 우리는 엄청난 부자입니다.

깨끗하고 바르게 살면 소박하지만 깨끗한 행복이 찾아옵니다. 그렇게 하면 그가 울리는 행복의 종소리는 더 멀리 울릴 것이고, 그가 만나는 바다는 마음의 평화를 가져다주는 바다가 되겠지요.

스님　참 좋은 법문입니다. 나옹선사의 시가 선생님의 시와 통하는 이유를 알 것 같습니다.

오늘 좋은 법문 들었으니 저는 산중진미(山中珍味)인 향기로운 차와 맑은 바람을 내놓겠습니다.

생전에는 보지도 알지도 못했던 이들도 있다
부드득 이를 갈던 철천지원수였던 이들도 있다
지금은 서로 하얀 이마를 맞댄 채 누워
묵뫼 위에 쑥부쟁이 비비추 수리취 말나리를 키우지만
철 따라 꽃도 피우고 열매도 맺으면서
뜸부기 찌르레기 박새 후투새를 불러 모으고
함께 숲을 만들고 산을 만들고

세상을 만들면서 서로 하얀 이마를 맞댄 채 누워

통일, 정말 우리의 소원인가

스님　　지난번 이산가족 상봉 때 어느 신문 독자마당에 실린 시를 읽은 적이 있는데 정말 가슴 뭉클한 느낌을 받았습니다. '이산가족'이라는 시를 소개하면 이렇습니다.

이산가족

언니 모습 날마다

북쪽 하늘에 그려보며

달밤에 둥근 달에도 그려보던

50여 년 세월도 강물 따라 흘러가고

언니 이름 부르시고 또 부르시던

어머니는 언니 찾아 이 세상 떠나시고.

아버지도 가시고 오빠마저…

이런 소식 아는지 모르는지
이 아우의 가슴은 저리고 미어지는 듯

언니 만나면
내 눈물 두 손 모아 오목히 받아
그 고왔던 얼굴 씻어주고
주름 젖은 얼굴도 고이 펴주련만

어이해 생시에 못 오면
꿈엔들 꼭 한번 만나기를
새끼손가락 깨물며
내 머리카락 백발이 되도록
기다릴 이 아우가 두 손 모아 빌면서

이 시는 75살 먹은 임덕진이라는 할머니의 작품입니다. 저는 이
작품을 읽으면서 무슨 설움 같은 것이 치밀어 오르고 눈시울이
뜨거워지는 걸 느꼈습니다. 저는 이 시를 통해 전쟁이란 무엇인
가, 전쟁이 남긴 상처가 얼마나 깊은가, 전쟁이 남긴 것이 무엇인
가를 생각해보았습니다.

생각해보면 우리 민족의 분단은 우리가 원해서가 아니라 소련과
미국으로 대표되던 강대국의 이해관계에 의한 이념갈등의 산물이

었습니다. 우리는 남의 장단에 춤추면서 분단과 전쟁, 그리고 50년이 넘는 대립과 반목을 해 오고 있습니다. 이로 인해 우리가 겪어야 했던 고통은 이루 말할 수 없이 컸습니다. 이제 우리는 이런 대립과 갈등을 벗어나 화해와 상생, 통일의 길로 나가야 합니다. 그래서 전쟁의 불안도 씻어내고, 이산가족의 눈물도 닦아주고, 평화와 번영을 구가해야 합니다.

시인   그러자면 먼저 어떻게 전쟁이 남긴 상처를 치유할 것인가를 생각해야겠지요. 가슴에 쌓인 분노나 원한보다는 이제는 그런 것을 이해하고 용서하는 마음을 갖도록 노력해야 합니다. 이렇게 이해하고 용서하는 마음이 생기고 그런 국민정서가 쌓이고 모아져야 통일이 되는 것이지, 무력이나 물질만 가지고는 진정한 통일이 되기는 어려울 것입니다.

스님   지난여름 텔레비전에서 '정전 50년'과 관련해 특집 프로그램을 방영하기에 관심을 가지고 보았습니다. 프로그램이 방송되는 동안 참 여러 가지 생각이 들었습니다. 전쟁이 끝난 지 50년이 지났는데 우리는 과연 통일을 바라고 있는가, 이렇게 남북이 대치하고 있는 분단 상황에서 과연 통일이 가능할까, 또 통일을 위해 우리가 극복해야 할 것이 있다면 무엇일까 하는 것들이었습니다. 저는 전문가가 아니어서 어디까지나 신문이나 방송에서 보고 들은 정보로만 생각해야 하니까 좀 답답한 데가 많았습니다. 그래도 선생님은 저보다 이런 쪽에 해박할 것 같아서 몇 가지 물어보고 싶은 것이 있습니다. 정말 우리에게 통일의 그날이 오기는 올는지요. 또 온다면 언제쯤 온다고 보시는지요.

시인　글쎄요. 저는 점쟁이도 아니고 해서 단언해서 어떻게 될 것이라는 말은 못하겠습니다. 다만 한 가지 분명한 것은 최근 들어 우리들 내부에서는 점점 통일에 대한 기대가 높아지고 있다는 사실입니다. 이는 과거에 없던 현상입니다. 많은 사람들이 '통일이 언젠가는 된다'는 기대를 하고 있고, 성급한 사람은 그것이 수년 내가 될 것으로 전망하기도 합니다. 세상의 이치로 보아도 나뉜 것은 반드시 합쳐지게 되어 있고, 그리고 많은 사람이 통일을 기대하고 또 그렇게 되도록 노력하고 있으니까 반드시 이루어진다는 말만은 하고 싶습니다.

이렇게 말하면 그것이 무슨 전망이냐, 핀잔을 듣겠지만 저는 그런 희망 자체가 중요하다고 봅니다. 그런 희망과 기대가 모이면 마치 저수지에 물이 고이듯이 어느 때에 가서는 분단의 둑이 터지고 통일이 이루어질지도 모르기 때문입니다. 같은 분단국가였던 독일이 그렇게 쉽게 통일이 될 줄은 아무도 생각하지 못했습니다. 그런 일이 우리에게는 벌어지지 않는다고 어떻게 말할 수 있겠습니까.

우리 내부에서도 통일을 원치 않는 사람은 없을 것으로 봅니다. 다만 어떤 방법으로 통일이 되는가에 대해서는 생각이 다를 수 있겠지요. 우선 남북 당사자는 자기 쪽 체제로 통일을 하고자 할 것이지만 그 방법으로 전쟁을 할 것이냐, 평화통일을 할 것이냐, 흡수통일이냐, 체제연합이냐 하는 문제가 대두되겠지요. 하지만 반드시 통일은 된다는 것이 역사의 순리라고 봅니다.

스님　　통일을 원하지 않는 사람은 없을 것이라고 말씀하셨는데, 오히려 거꾸로 통일을 입으로만 말하고 실제로는 원하지 않는 사람도 있지 않을까 하는 생각도 하게 됩니다. 기득권을 유지하기 위해 남북 양쪽의 기득권 세력은 오히려 통일을 원하지 않을지도 모른다는 것입니다. 실제로 최근 남북관계에 대해 우리 남한 내에서도 적대적인 생각을 드러내는 사람들이 적지 않습니다. 이는 북쪽도 마찬가지라고 생각됩니다. 이들은 통일이 된다면 자기가 가진 기득권을 내놓아야 할지도 모른다는 불안감 때문에 앞에서는 통일을 말하는 척하지만 돌아서면 딴지를 걸고 있습니다. 그런 속내가 산중에 사는 중에게까지 들킬 정도라면 실제로 그런 사람이 적지 않다고 보아야 할 것입니다.

시인　　그러면 스님은 통일에 대해 비관적인 생각을 하고 계시는지요.

스님　　그건 아닙니다. 오히려 저는 통일의 시기는 훨씬 빨리 올 것으로 보는 축에 속합니다. 국민정부 때부터 추진 중인 개성공단이 조성되고 남북철도가 연결되면 그만큼 통일은 앞당겨질 것

입니다. 또한 남북 불교계가 개성 영통사, 금강산 신계사 복원불
사를 시작했는데 이러한 종교·문화적 교류협력은 민족의 동질성
을 회복하고 신뢰를 구축할 것입니다. 따라서 통일의 시기는 15년
안팎이 되지 않을까 보고 있습니다. 제가 이렇게 통일을 낙관하
고 시기도 빨리 잡는 것은 최근 남북관계의 속도를 감안한 것입
니다.

많은 사람들은 남북의 기득권층의 보이지 않는 저항과 북한의 핵
문제가 남북문제를 진전시키는 데 가장 큰 장애가 된다고 보고
있지만 저는 그 반대라고 봅니다. 경우에 따라 핵문제는 통일을
앞당기는 촉매제가 될 수 있습니다. 왜냐하면 북한이 핵을 가지
고 있다가는 주변국들이 고립정책을 쓰게 될 것입니다. 굶어 죽게
만든다는 것이지요. 그렇게 되면 결국 핵을 포기하게 될 것입니
다. 만약 핵을 포기하거나 아니면 아예 없는 것이 확인된다면 남
북관계는 빠르게 진전될 수 있습니다. 남북문제는 빠르게 통일의
방향으로 나가게 될 것이라는 것이 저의 점괘입니다.

상황이 이렇게 진전된 데는 누가 뭐래도 김대중 전 대통령의 대북
포용정책이 큰 역할을 했다고 봅니다. 통일도 통일이지만 일단 전
쟁의 위험을 반감시키고 평화정착의 기틀을 마련한 것은 역사적
으로 평가해야 한다고 봅니다. 김대중 전 대통령의 대북포용정책
이 없었다면 우리 국민은 질식했을지도 모릅니다.

저는 우리 민족의 출신활로(出身活路), 즉 우리 국민이 살아갈 길은
부산에서 출발한 열차가 이북·시베리아를 거쳐 유럽의 여러 나

라에 도착하는 길뿐이라고 생각합니다. 만약 이대로 남북철도가 연결되지 않고 앞으로 지속된다면 우리 국민들은 숨통이 막혀 다 죽게 될 것입니다.

시인 　김대중 전 대통령의 햇볕정책은 그것이 아니면 피차 양쪽이 견뎌낼 수 없으니까, 할 수밖에 없는 상황이었다고 봅니다. 그렇게 하지 않고 한반도에 평화를 정착시킬 수 있었겠습니까.
비판론자들은 햇볕정책을 시행하면서 남쪽에서 많이 퍼주었는데도 북쪽이 달라진 게 뭐 있느냐고 하는데, 사실은 달라진 것이 많습니다. 우선 핵문제만 보더라도 국제사회에서는 상당히 심각한 문제가 되고 있지만 도리어 남북한간에는 전쟁이 일어날 것 같은 분위기는 보이지 않습니다. 이것은 일단 햇볕정책의 효과라고 보아야 합니다. 일부에서는 위기감을 느끼지 못하는 안보불감증을 우려하지만 그것은 냉전시대의 사고방식에서 나온 기우입니다. 나는 남북이 모두 햇볕정책을 하지 않고서 대외정책을 할 수 없는 상황이었다고 봅니다. 남쪽, 북쪽 모두 대결 위주로 나가서는 체제 유지가 어려우니까 그걸 택했다는 겁니다. 아마 남쪽도 대결 위주로 나가는 것은 안 된다는 사람이 더 많았을 테니까요. 그래서 김대중 전 대통령이 혼자서 했다기보다는 선택하지 않을 수 없게, 특히 이제 한국에서는 거의 주류가 되어가고 있는 민주화 세력이 압력이 된 측면도 없지 않았다고 봅니다.

군사분계선

MILITARY
DEMARCATION LI

> 비판론자들은 햇볕정책을 시행하면서
> 남쪽에서 많이 퍼주었는데도
> 북쪽이 달라진 게 뭐 있느냐고 하는데,
> 사실은 달라진 것이 많습니다.
> 우선 핵문제만 보더라도 국제사회에서는
> 상당히 심각한 문제가 되고 있지만
> 도리어 남북한간에는 전쟁이 일어날 것 같은
> 분위기는 보이지 않습니다. 이것은 일단
> 햇볕정책의 효과라고 보아야 합니다.
> 일부에서는 위기감을 느끼지 못하는
> 안보불감증을 우려하지만 그것은 냉전시대의
> 사고방식에서 나온 기우입니다.

스님　제가 아는 어떤 사람의 경험담은 햇볕정책의 효과가 어느 정도인지를 단적으로 말해줍니다. 그 사람은 이웅평이 미그기를 몰고 넘어올 때 민방위 경고방송을 들으면서 모골이 송연했다고 합니다. 미그기가 서울을 공습하면 전쟁이라는 말인데 어린아이들을 데리고 피난을 가야 한다고 생각하니 앞이 캄캄하더라는 겁니다. 그러나 다행히 그 비행기는 귀순자가 몰고 온 것이었습니다. 그로부터 20여 년이 지나 지난해 월드컵 준결승전이 열리던 날 저녁, 그 사람은 이웅평이 넘어올 때 코흘리개였던 딸과 텔레비전을 보고 있는데 갑자기 텔레비전 화면하단에 자막으로 서해 교전 소식이 긴급 뉴스로 보도되더랍니다. 그러나 그는 이웅평이 넘어올 때처럼 놀라거나 당황하지 않았다고 합니다. 실제로 그런 일이 있었는데도 금강산 관광은 계속되었습니다. 그만큼 평화체제에 대한 자신감이랄까, 전쟁까지는 가지 않을 것이라는 믿음이 있었던 것입니다.

저는 국민들이 이런 믿음과 안심으로 생업에 전념할 수 있는 것은 햇볕정책의 성과라고 봅니다. 최근의 핵위기설에 대한 국민의 반응도 마찬가지입니다. 옛날 같으면 사재기를 하면서 난리법석을 떨었을 텐데 너무나 조용해서 외국 언론이 도리어 이상하게 본다는 것입니다.

이것이 바로 북한에 대한 '퍼주기 효과'입니다. 북한이 도발을 자제하고 있다는 뜻이 아니라 그만큼 서로 신뢰가 깊어졌다는 것입니다. 통일은 나중 문제고, 평화에 대한 이런 믿음이야말로 우리가 대북 지원을 하면서 얻어낸 최대의 성과라고 보아야 합니다.

시인　북한이 많이 달라졌다고 생각합니다. 우선 남한을 타도의 대상, 투쟁해서 없애야 할 대상으로 말하지 않고 있습니다. 일단 북한은 주적을 미국으로 상정하고 있지 남쪽을 적으로 말하고 있지는 않습니다. 예전에는 그렇지 않았습니다. 이것만도 엄청난 변화입니다.

또 한 가지 생각해볼 일은 우리가 햇볕정책을 펴지 않았다면 북한은 과연 핵을 만들지 않았을 것인가 하는 점인데 나는 그렇지 않았을 것으로 봅니다. 북한이 핵카드를 들고 나오긴 해도 그것이 남쪽을 위협하기 위한 수단은 아니란 얘기지요.

그리고 북쪽이 민족공조를 내세우며 여러 가지 요구를 하고 있지만 그것이 북쪽을 일방적으로 돕는 것이라고 보아서는 곤란합니다. 민족공조는 북쪽이 내세우는 논리지만 결국은 부메랑이 되어서 북쪽으로 돌아가면서 남쪽에 도움이 되는 것입니다. 결코 남쪽에 부담이 되는 것이 아닙니다.

스님　저는 햇볕정책 얘기가 나올 때마다 톨스토이 우화집에 나오는 극락과 지옥의 우화를 떠올립니다. 어떤 사람이 죽어서 저승을 갔는데 염라대왕이 재판을 잘못해서 지옥으로 떨어졌답니다. 그런데 지옥이라고 별것도 아니었습니다. 건물도 좋고 음식도 훌륭했습니다. 다만 파티에 나온 사람들이 식사를 제대로 못하는 것이 좀 이상했습니다. 그럴 수밖에 없는 것이 밥상에 놓인 젓가락 길이가 1미터가 넘어서 그것으로는 음식을 집어 먹을 수 없었습니다. 그래서 그들은 산해진미를 앞에 놓고도 배를 쫄쫄 굶는 것이었습니다. 이상한 파티를 하고 있던 그에게 전갈이 왔습니다. 판결이 잘못됐으니 극락으로 가라는 것이었습니다. 그러나 극락이라고 특별한 것도 없었습니다. 식탁도 똑같고, 음식과 수저도 지옥에서 본 그대로였습니다. 다만 다른 것이 있다면 극락 사람들의 식사방법이었습니다. 그들은 똑같이 1미터가 넘는 젓가락으로 음식을 집어서 자기 입에 넣으려고 애쓰는 대신 앞에 있는 사람의 입에 넣어주는 것이었습니다. 그러면 앞의 사람도 음식을 집어서 자기에게 음식을 준 사람의 입에 넣어주는 것이었습니다. 그는 이 장면을 보고 극락과 지옥이 왜 차이가 나는지를 알았다고 합니다.

남북관계도 마찬가지입니다. 누가 먼저 상대방에게 음식을 먹여주어야 그쪽도 이쪽을 믿고 음식을 집어서 먹여줄 것입니다. 이것이 바로 서로 도우며 공생하는 길입니다. 자기 이익만 챙기려고 하면 나도 못 먹고 너도 못 먹게 됩니다. 북한 돕기를 퍼주기라고 비난하는 것은 하나만 알고 둘은 모르기 때문입니다. 북한이 민족공조를 강조한다고 했는데 북한도 서로 돕는 것이 얼마나 유익한 것인지를 깨달았다면 진정한 평화공존을 위한 공조의 노력을 보여야 합니다. 또 남한은 아무래도 북한보다 잘사는 편이므로 먼저 이쪽에서 손을 내밀고 도울 것은 돕고, 기다릴 줄도 알아야 합니다. 반응이 늦다고 너무 성급하게 몰아갈 일이 아닙니다.

북한에 국수공장을 지어 북한 주민을 돕고 있는 '평불협' 법타 스님 같은 경우는 언젠가 "남한 사람들의 음식 찌꺼기를 줄이면 가난한 북한 주민들을 다 구제할 수 있다."고 하기도 했습니다.

시인　　북한을 돕기 위해서는 남한 사회의 합의도 중요합니다. 특히 북핵 문제가 걸려 있는 상황에서 무조건 북한을 돕다 보면 냉전보수주의자들로부터 그 도움이 핵무기가 되어 돌아올지 모른다는 비판을 받게 됩니다. 그러자면 우리는 북한에 대해 꾸준히 핵문제의 심각성을 설득해야 합니다.

그런데 북한의 입장은 한반도의 평화정착과 영구적인 안정을 위해 비핵화를 추진하는 우리의 입장과 좀 다른 것 같습니다. 저들은 체제 유지를 위해 핵을 보유해야 한다고 판단한 것으로 보입니다. 그러나 이는 매우 불행한 사태를 가져올 수도 있다고 봅니다. 북한이 핵을 개발하거나 보유한 사실이 확인된다면 국제사회는 고립화 정책을 강화할 것이 분명합니다. 그렇게 되면 남한이 북한을 돕고 싶어도 어렵습니다. 또 북한이 체제유지를 위해 개방을 늦추거나 다른 계산을 한다면 더 많은 어려운 일이 생길 것입니다.

물론 북한의 입장을 이해하지 못하는 것은 아닙니다. 북한은 이라크의 경우를 주목하는 것 같습니다. 이라크가 아무리 대량 살상무기를 가지고 있지 않다고 말해도 미국은 믿지 않았어요. 심지어 굴욕적으로 대통령궁까지 샅샅이 뒤지는 사찰을 받으면서까지 자신의 결백을 입증하려 했습니다. 그럼에도 불구하고 결국은 미국의 침공을 받아 정권이 무너졌습니다. 이런 상황을 목도한 북한은 핵을 포기하는 것은 자진해서 무장해제하는 것이고, 다음에 닥치는 것은 미국의 공격이라고 우려하는 것 같습니다. 북한이 끊임없이 불가침 약속을 문서로 보장하라는 것은 이런 속사정이 있다고 봅니다.

스님   가장 좋은 것은 북한이 핵을 포기하고 미국은 체제를 보장해주는 것인데 미국이 왜 그것을 해주지 않겠다는 것인지 모르겠습니다.

시인   사실인지 아닌지 모르지만 미국의 이라크 침공은 이라크의 석유개발권 문제와 맞물려 있고, 북핵문제가 부상한 것도 에너지정책과 관계가 있다는 분석도 있습니다. 과거에는 북한에 경수로를 만들어줄 테니 핵을 개발하지 말라고 했는데 미국의 에너지 재벌이 가스를 팔아먹기 위해 경수로사업을 중단하도록 작용하고 있다는 얘기지요. 저들은 시베리아에서 개발한 가스를 공급하면 상당한 이익을 챙기게 되는데 그걸 얻자면 핵문제를 걸어 경수로를 중단해야 하고, 이를 눈치 챈 북한이 반발한다는 것이지요. 또 한 가지는 브루스 커밍스의 분석인데 미국은 북한이 없으면 펜타곤이 할 일이 없다는 것입니다. 미국이 미사일 계획을 세우자면 현실적인 적이 존재해야 하는데 그 대상을 북한으로 본다는 것입니다. 하지만 이런 것은 어디까지나 추정일 뿐입니다.

그러나 북한의 입장이 어떻든 간에 우리가 북한에 대해 핵을 포기하라고 요구하는 것은 당연한 일입니다. 핵이 북한의 체제 유지에 도움이 될지는 모르지만 한반도의 평화를 위협하는 것은 사실이기 때문입니다. 대신에 우리가 북한에게 지속적으로 경제적 도움을 주는 것은 절대적으로 필요하다고 봅니다. 그것이 남한이 결코 북한을 침공할 의사가 없고, 북한의 체제를 반대하지 않는다는 의사표현의 방법이기도 합니다. 또 그렇게 하면 제3자들도 남북한의 신뢰를 깨지 않으려고 노력할 것입니다.

이렇게 되면 설사 북한이 개방 체제로 가지 않는다 해도 남한에 대한 신뢰가 깨어지지 않고 적대적이지 않을 수 있는 것입니다. 이렇게 서로 공생하면서 새로운 변화를 모색해야 통일의 꿈을 잃지 않게 될 것입니다. 그런 단계를 거쳐야 통일이 가까워지는 것입니다.

스님　남북문제를 진전시키기 위해 우리가 해결해야 할 과제는 여러 가지일 것입니다. 방금 얘기한 북핵문제라든가 남북경협문제가 그중 하나일 것입니다. 그러나 보다 본질적으로, 분단의 외재적 원인으로 지적되어 온 강대국 간의 이해관계를 어떻게 조정해 낼 것인가가 매우 중요하다고 봅니다. 주변 강대국 간의 이해관계는 국제정세가 시시각각으로 변하기 때문에 정말 쉽지 않아 보입니다. 주변국들은 속으로는 여러 가지 이유로 남북의 화해나 통일을 원하지 않는 측면이 많아 보입니다. 남북문제는 이렇게 당사자끼리 해결할 수 없는 국제정세가 엄존하고 있다는 사실을 인정해야 합니다. 최근 북핵문제를 둘러싸고 3자 회담이니 4자 회담, 6자 회담이 거론되는 것은 이 문제의 복잡성을 말해줍니다.

또 한 가지는 민족 내부의 문제로서 이데올로기의 대립을 어떻게 극복할 것인가 하는 것입니다. 최근 들어 이념문제는 많이 희석되기는 했지만 50년이 넘게 다른 체제에서 살아 왔다는 점에서 결코 간단한 문제는 아니라고 봅니다.

시인　저는 이념은 그렇게 문제가 되지 않는다고 봅니다. 세계에서 지금까지 사회주의를 하고 있는 나라는 북한과 쿠바라고 하지만, 쿠바도 실질적으로는 사회주의를 포기한 지 오래됐습니다. 사회주의는 실천 과정에서 실패한 이데올로기이고, 독립된 이데올로기라기보다는 자본주의에 종속적으로 작용해서 자본주의의 발달을 오히려 도와주는 역할을 한 이데올로기였다는 측면이 강합니다. 따라서 사회주의는 이미 그 역할이 끝났다는 생각이 듭니다. 그런 의미에서 사회주의와 자본주의가 결코 함께할 수 없는 모순된 이데올로기라고는 보지 않습니다. 사회주의가 자본주의 속에 수용될 수 있는 측면이 있다는 말입니다. 그래서 그것은 문제가 아니라고 생각합니다.

문제는 지금의 북한을 어떻게 볼 것인가 하는 것인데 저는 그것을 특수한 사회주의라고 봅니다. 북한의 이른바 '주체사상'이라는 것은 조선조 말의 위정척사(衛正斥邪) 같은 성격이 강합니다. 다른 나라 것은 무조건 다 나쁘고, 우리나라 것만 옳다고 주장하는 것입니다. 이것은 자존심이라든가 민족적 긍지의 입장에서 보면 옳은 생각일 것 같기도 하지만 매우 비현실적입니다. 그렇게 해서는 살 수가 없는 것이 오늘 아닙니까.

위정척사나 주체사상은 현실이라는 햇빛 속에 언젠가는 녹아서 없어질 수밖에 없습니다. 우리 민족이 살아남기 위해서는 외국과의 관계, 그러니까 척사의 '사(邪)'를 받아들이지 않을 수 없습니다. 이것을 잘 받아들여 우리 민족이 나아가는 길에 도움이 된다면, 그렇게 해야 합니다. 위정척사가 우리의 자존심이나 긍지라는 측면에서는 명분이 있었지만 우리 민족이 살아남기 위해서는 올바른 길이 아니었던 것처럼 주체사상도 '사'를 받아들이는 과정에서 저절로 해결될 것으로 봅니다. 그러므로 남북문제를 이데올로기의 대립으로 규정하던 시기는 지났다고 보아야 합니다. 여러 가지 바깥의 조건이 해결되면 이데올로기는 큰 문제가 아니라고 생각합니다.

스님   저는 이데올로기라는 것 자체가 허망한 것이라는 점을 지적하고 싶습니다. 그런데도 우리는 그동안 그 허망한 것에 대해 지나치게 우상적 권위를 부여해 온 측면이 많습니다.

예를 들어서 말하자면 마을 어귀에 있는 성황당과 같은 것이 이데올로기입니다. 옛날 우리가 어렸을 적에는 성황당 앞을 지날 때면 침을 세 번 뱉거나 돌을 던졌습니다. 성황당 앞 돌무덤이나 돌탑은 그렇게 해서 생겨난 것입니다. 우리가 왜 그런 행동을 했는가 하면 그렇게 하지 않으면 무엇인가가 따라와 우리를 해코지할 것 같은 불안감 때문이었습니다. 말하자면 우상의 권위나 전설에 굴복한 것입니다.

그러나 요즘은 어떻습니까. 정말로 성황당 귀신이 우리를 해코지할 것이라고 믿는 사람은 아무도 없습니다. 오늘날에는 그런 것을 하지 않아도 문제가 안 된다는 것을 모두가 알고 있기 때문입니다. 다만 요즘도 그런 것을 하는 것은 민속 문화를 보존한다는 차원입니다.

자본주의나 사회주의라는 이념도 그 자체에 너무 권위를 부여해서 그 원칙을 지키지 않으면 큰일 날 것처럼 호들갑을 떠는 것은 생각이 모자라는 사람이나 하는 행동이라고 봅니다.

시인　　이데올로기 말이 나왔으니까 말인데 북쪽에도 실제로 신념을 가진 공산주의자들은 별로 없다고 합니다. 연변에 갔다가 북한 사정에 정통한 김학철 선생을 만났을 때 선생은 이런 말을 했습니다. "남쪽에서는 마치 평양에는 다 주체사상 가진 사람만 사는 것처럼 말하지만, 내가 보기에는 주체사상을 신봉하는 사람은 남북을 통틀어서 서울에 몇 사람밖에 없다. 평양에는 한 사람도 없다……" 이런 식으로요.

저는 그 말이 좀 과장되기는 했지만 사실과 가깝다고 생각합니다. 저들은 주체사상을 가졌기 때문에 자본주의에 굴복하지 않으려는 것이 아니고, 너무 가진 것이 많기 때문에(지배자들을 얘기하는 것입니다만) 남쪽 사상이 들어오는 것을 겁낸다는 것입니다. 체제 유지가 안 되는 걸 겁내는 것이지 공산주의가 무너지는 것을 겁내는 것이 아니라는 뜻입니다. 이건 제 얘기가 아니고, 김학철 선생의 얘기입니다.

스님 우상화한 이념을 부수려면 단하소불(丹霞燒佛)이라는 선화(禪話)를 만들어낸 불교 선사들에게 한 수 배웠으면 합니다. 옛날 중국에 단하천연(丹霞天然)이라는 스님이 있었는데 여행 중에 어느 절에서 묵게 되었습니다. 겨울이라 날이 몹시 추웠습니다. 그는 법당으로 올라가 목불을 꺼내더니 장작 패듯 쪼개서 불을 지폈습니다. 새벽에 그 절의 주지 스님이 일어나 보니 충격적인 일이 벌어져 있는 것이었습니다. 그는 단하에게 "어떻게 부처님을 쪼개 불쏘시개를 할 수 있느냐."고 했습니다. 그러자 그는 부지깽이로 재를 뒤적이는 것이었습니다. 지금 무슨 짓을 하느냐고 물으니 사리를 찾는다는 것이었습니다. 주지 스님이 "목불에서 무슨 사리가 나오느냐."고 하니 그는 도리어 이렇게 말했다고 합니다. "사리가 나오지 않는다면 그것이 나무토막이지 어떻게 부처라 할 수 있겠는가."

다소 격렬한 비유이긴 합니다만 모든 이데올로기라는 것이 사실은 허깨비에 권위를 부여한 것에 불과하다는 것을 깨우쳐주는 얘기입니다. 남북문제에서도 이념이라는 우상을 깨야 새로운 민족화해의 길이 생기게 됩니다.

시인　사회주의는 이미 지난 세기에 그 이념의 실험장인 소련이 무너지고 동구권이 해체되는 것으로 마감되었다고 보아야 합니다. 중국이 사회주의 노선을 견지하고 있다고는 하나 이미 자본주의적 경제 체제로 전환하고 있습니다. 북한은 가까이 있는 중국의 영향을 받지 않을 수 없습니다. 그런 점에서 본다면 남북문제는 이념대립 문제보다는 정서적인 문제가 더 중요한 것이 아니냐 하는 생각이 들어요.

사실 현재 우리에게는 분단의 여러 가지 조건들이 많이 해소된 상황이라고 볼 수 있습니다. 한국의 분단 원인을 외부적 요인으로는 강대국간의 이해관계, 민족 내부적으로는 이데올로기 문제로 요약한다면 이제 두 가지 문제는 모두 많이 해소되었습니다. 이념대립 문제는 이미 경제적 조건이 변화함에 따라 별 의미가 없다는 것이 드러났습니다. 강대국간의 이해관계 문제는 경제적 조건의 변화와 함께 급격하게 변화하고 있는 것이 사실입니다. 이렇게 분단의 원인 문제는 50년쯤 세월이 지나고 나니까 상당 부분 해소가 되어 가고 있습니다.

그러나 나머지 한 가지 문제인 증오와 불신의 문제는 좀처럼 해소되지 않고 있는 것이 아니냐 하는 생각이 듭니다. 우리나라는 다른 분단국과는 달리 한국전쟁을 겪었습니다. 부모와 형제가 서로의 가슴에 총부리를 겨누었다는 것이 서로를 불신하고 미워하게 만든 원인이었습니다. 우리는 아직도 이 응어리를 풀지 못하고 있습니다. 생각해보면 전쟁을 통해 부모와 자식을 잃은 사람에게 덮어놓고 증오심을 버려야 한다고 말할 수는 없습니다. 시간이 지나 원한이 희석될 때까지 기다려야 할지, 이 불신과 증오를 어떻게 극복할 것인지야말로, 우리가 많은 관심을 가져야 할 점이라고 봅니다.

스님　증오의 문제는 전쟁의 책임문제와 연결된다고 봅니다. 김대중 전 대통령이 평양을 다녀온 뒤에 김정일의 답방문제가 거론되자 우리나라 보수언론에서는 북한의 사과문제를 거론한 적이 있습니다. 북한이 한국전쟁을 일으켰고 그로 인해 수많은 사람이 목숨을 잃었으니 거기에 대해 책임을 지고 사과해야 한다는 것이었습니다. 만약 그때 김정일이 답방을 했다면 이 문제가 상당히 시끄러웠을 것입니다.

북한정권에 사과를 요구한다는 것은 현실적으로 불가능합니다. 또 그렇게 하면 모처럼 조성된 화해와 대화 분위기가 깨질 것은 당연합니다. 그럼에도 불구하고 일부 보수주의자들이 사과를 요구하는 것은 그만큼 전쟁으로 인한 상처가 깊다는 것을 말하는 것입니다. 바로 여기에 어려움이 있습니다.

이산가족 문제가 잘 안 되는 원인을 남쪽에서는 무조건 북한 때문이라고 말합니다. 이것은 단순히 이산가족 상봉에 북한이 소극적이라거나 비협조적이라는 의미를 넘어서 북한이 전쟁을 도발한 탓에 생긴 비극이라는 심정적 반감 같은 것입니다. 이런 주장들이 결국 이산가족 문제를 어렵게 만듭니다. 남한사회에서 전쟁을 경험한 세대, 특히 부모형제를 잃은 사람이나 공산정권이 싫어서 월남한 사람들의 적대감은 우리가 상상하는 것 이상입니다. 이런 사람들에게 민족화해를 위해 북한을 용서해야 한다거나 포용해야 한다는 말은 적어도 아직까지는 감정적으로 수용되지 않는 것이 현실입니다.

시인　한국전쟁을 누가 도발했느냐를 둘러싸고 북한은 한때 남쪽이 먼저 도발했다는 주장을 펼친 적이 있습니다. 그러나 그건 아무도 믿는 사람이 없습니다. 여러 가지 객관적 자료를 종합해볼 때 북쪽에서 먼저 침략한 건 틀림없는 사실입니다. 아마 그때 평양의 지도부는 '지금 이 시기가 아니면 남북통일은 영원히 안 된다, 그렇다면 전쟁이라도 해서 통일하는 것이 최선의 선택이다'라고 생각했을지도 모릅니다.

사실 미국이 극동방위선에서 남한을 제외했다는 것은 북쪽 집권자들의 입장에서 보면 미국이 남침을 유도한 측면이 없는 것도 아닙니다. 북쪽의 입장에서는 어쩔 수 없는 선택이었다고 말할 수도 있을 것입니다. 그러나 그것은 결코 잘한 일은 아니지요. 동족에게 총을 겨누고 온 국토를 초토화시킨 전쟁은 어떤 명분으로도 정당화 될 수 없습니다.

그러나 현 단계에서는 그런 상황을 이해해주고, 남쪽에서도 북쪽에 심하게 한 것도 있으니까 서로 용서하고 화해하려는 노력이 필요합니다. 물론 사과 없이 증오를 거두라는 것은 너무 고매한 종교적 관점인지 모르지만 그것 말고는 다른 묘책이 없다는 점을 생각해야 합니다. 너무 북한에게 책임을 물으려고 하다 보면 더 중요한 민족화해와 통일의 문제가 접근통로를 잃게 된다는 것을 고려해야 합니다. 가족을 잃고 50년 이상 생사도 모르는 이산가족 문제를 해결하기 위해서라도 증오는 역사의 뒤안길에 묻어두는 것이 상책이라고 봅니다.

스님 스님들이 예불할 때 외우는 참회게(懺悔偈)라는 것이 있는데 그 내용은 이렇습니다.

죄란 본래 자성이 없이 마음 따라 일어나니(罪無自性從心起)
만약 그 마음이 없어지면 죄는 없어지리라(心若滅時罪亦亡)
죄도 없고 마음도 없어져 모두 비게 되면(罪亡心滅兩俱空)
이를 가리켜 진실한 참회라 하는 것이네(是則名爲眞懺悔)

이 게송은 미워하는 마음만 없어지면 모든 것이 편안해지고 용서가 이루어진다는 가르침입니다. 죄라든가 증오라는 것은 실체가 있는 것이 아닙니다. 다 감정의 소산입니다. 그것을 멈추면 평화가 옵니다. 그렇지 않을 때 지구에는 전쟁이 사라질 날이 없습니다. 그러므로 이제는 민족적 차원에서 남북이 한 민족, 한 핏줄이라고 생각하는 대승적 발상을 가져야 합니다. 언제까지 미움 때문에 적대감을 버리지 못한다면 통일의 길은 멀어집니다. 이제 우리는 새로운 발상으로 새로운 사고방식을 가져야 합니다. 지금은 용서하고 화해하는 것이 중요하지 분노하고 증오하는 것은 역사의 진보를 방해할 뿐입니다. 지금 와서 사과를 받는다고 죽은 사람이 살아서 돌아오는 것도 아니고, 미움만 깊어지면 서로에게 손해입니다.

우리에게 의미 있는 것은 평화롭게 잘사는 것입니다. 그러나 미움이 깊어져 오래도록 남북이 갈라져 있으면 국가발전, 민족발전도 안 될뿐더러 이 땅에 사는 사람들이 정서불안 때문에 살 수가 없습니다. 돈 많은 사람들이 애들을 미국으로 보내는 이유도 여기에 있는 것입니다. 결국 사과를 받아야 하겠다든지 용서를 못하겠다는 것은 감정싸움이거나 핑계에 불과합니다.

시인   스님 말씀에 동감합니다. 북한이 사과를 한다는 것은 곧 김정일 체제가 무너지는 것인데 그들이 그런 일을 하겠습니까. 그쪽에서 받아들일 수 없는 조건을 내세운다면 그건 대화를 안 하겠다는 것이고, 결과적으로 반통일의 명분을 축적하는 것에 불과합니다. 전쟁으로 인해 고통받은 사람들의 심정을 이해 못하는 것은 아니지만, 이제 반세기가 지났는데 서로 이해하고 용서하는 것이 바람직합니다. 아니 용서보다는 이해해야 한다고 생각합니다. 상대방의 입장, 북한의 입장을 이해하고, 또 북한에서도 남한의 입장을 이해해야 합니다.

사실 우리의 분단과 전쟁은 민족상잔이기는 하지만 소련과 미국의 이해관계 때문에 일어난 것이지 서로를 근본적으로 미워해서 일어난 것은 아닙니다. 이런 점을 전제해야 통일을 향해 나갈 수 있을 것입니다.

스님 그건 그렇고 요즘 우리나라에서 일어나고 있는 반미 감정에 대해서 선생님은 어떻게 생각하시고 계시는지요. 일부에서는 마치 미국이 우리의 통일을 방해하는 세력인 것처럼 말하고 있기도 하던데…….

시인 요즘 반미 감정은 여중생 장갑차 압사사고에 겹쳐 북핵문제가 증폭되면서 생긴 것이 아닌가 싶습니다. 특히 이라크 파병 문제가 나오면서 미국 집권자들을 향한 불만이 더욱 노골화되는 양상입니다. 그러나 반미 감정이라는 것이 어떤 면에서는 과장된 면이 많습니다. 우리나라의 극단적 진보주의자들은 주한미군문제를 들먹이면서 미국이 통일을 방해하는 반통일 세력이라고 주장합니다. 물론 그런 면도 없지 않지요. 미국이 한국전쟁 때 참전한 것은 우리나라를 위해서라기보다는 미국의 국익 때문이라는 것은 말할 필요도 없습니다. 그런 면에서는 미국이 반통일의 배경이 되는 측면도 있을 것입니다.

그렇지만 무조건 반미를 앞세우는 것은 옳은 생각이라고 보지 않습니다. 미국의 젊은이들이 남의 나라에 와서 목숨을 버린 것도 역사적 사실이고, 또 우리나라가 이만큼 민주화된 배경에는 미국의 영향도 컸습니다. 또 현실적으로 보면 우리나라는 정치적, 경제적으로 미국의 엄청난 영향 아래 있습니다. 미국이 우리의 가장 큰 교역 국가라는 점도 무시해서는 안 되겠지요. 미국을 배척하고는 경제적 번영은 어렵다는 얘기입니다. 그런데 이를 외면하고 우리의 민족적 자존심만 최고라고 내세우는 것은 국제적 현실을 무시하는 순진한 생각입니다. 그러니까 두 가지 측면 모두를 생각해야 합니다. 이것이 현명한 판단이 아닐까요.

스님　지난번 미국에 갔을 때 들은 얘기인데 워싱턴 시내에 있는 한국전 참전 기념 공원에는 '알지도 못하는 나라, 만나본 적도 없는 사람들을 지켜달라는 부름에 응한 미국의 아들딸들을 기리며……'라는 문구가 새겨진 탑이 있다고 합니다. 50년 전에 미국 청년들은 그렇게 한국에 와서 죽었습니다. 선생님 말씀대로 미국의 국익을 위한 측면도 있었겠지만 분명히 자유민주주의를 수호해준 공이 있습니다. 이것을 잊으면 안 된다고 봅니다. 만약 우리가 미국의 입장이라면 어떨까를 생각하면 대답은 쉽게 나온다고 봅니다.

2002년 한일 월드컵 때 터키는 형제국이라고 하면서 박수를 쳐준 반면, 수십만을 잃은 미국에 대해서는 반미를 외치는 것이 미국으로서는 섭섭할 수 있습니다. 이런 것은 다시 생각해야 합니다. 미국도 비판할 건 비판하고 해야겠지만 요즘은 그 정도나 방법에 문제가 많다고 봅니다.

미국 신문에 반미 데모를 열심히 하던 사람들이 다음 날 미 대사관에 가서 미국 비자를 받으려고 한다는 기사가 난 적이 있는데 이런 이중적 태도도 옳지 않습니다.

시인 나는 현재와 같은 분단 상황에서 통일을 방해하는 가장 큰 요인은 남쪽이나 북쪽이나 양쪽의 극단주의자들의 경직된 사고라고 봅니다. 아까 우리는 이념의 시대가 지나가고 있다고 말했지만 극단주의자들은 이를 무시합니다. 이들은 어떻게 보면 근본주의자들인데 남쪽에서 공산주의는 절대로 안 되고, 사회주의 말만 들어도 치를 떠는 사람들이 있습니다. 물론 북쪽에서도 일부는 자본주의에 대해 무조건 반대하는 것이 체제수호와 기득권 유지에 도움이 된다고 생각하고 있습니다. 어느 사회에나 근본주의는 사회 혼란을 부르고 몰락을 재촉하는 가장 중요한 요소입니다. 그 좋은 예가 이라크 같은 경우라고 생각합니다.

스님 근본주의자들도 문제이지만 저는 집권자나 돈을 많이 가진 사람, 말하자면 기득권자들이 자신들의 기득권 유지를 위해 자꾸 이런저런 트집을 잡는 것이 더 문제라고 봅니다. 남한도 북한도 마찬가지입니다. 이들은 남북관계의 평화적 진전을 내심으로는 바라고 있지 않은 것 같은 행동을 보이고 있습니다. 통일이 안 되어도 지금까지 잘 살아왔는데 새삼스럽게 통일을 해서 뭘 하냐, 지금처럼 살면 되지 않느냐, 이렇게 이야기하는 사람도 많습니다. 이것이 문제입니다.

시인 겉으로는 통일 운운하지만 속으로는 통일을 반대하는 사람들이 50%가 넘을지도 모른다는 말이 있습니다. 심지어는 누가 농담처럼 이런 말을 하기도 합니다. 40평 이상의 아파트를 가지고 있는 사람들 가운데는 통일을 바라지 않는 경우가 더 많다는 것입니다.

스님 남쪽에서도 체제가 흔들리는 걸 가장 겁내는 사람들은 가진 자들입니다. 그러나 공존하지 않으면 결국 다 빼앗기게 됩니다. 원래 모든 것은 자기 것이 아니거든요. 잘못해서 전쟁이라도 나면 모두 사라진다는 걸 알아야 합니다. 이것을 모르고 가지고 있는 것에만 집착하면 정말 모든 것을 잃을 수 있습니다. 그러므로 남이든 북이든 가진 사람들은 너무 욕심을 부리려고 하면 안 됩니다. 내가 조금 덜 갖겠다고 생각하면 해결의 길이 열리는데도 전부가 아니면 전무라는 생각을 하면 나는 물론이고 남도 불행하게 만듭니다. 버릴 것은 버리고 포기할 것은 포기하는 것이 함께 사는 길입니다. 50년 전에 있었던 한국전쟁이 그 사실을 참혹하게 증명해주고 있다는 것을 알아야 합니다.

시인　이제 우리는 대립보다는 화해를 말해야 하는 시대에 접어들었습니다. 그러자면 무엇보다 마음속의 증오를 없애려는 노력이 중요하다고 봅니다. 그런 점에서 불교의 역할은 어느 때보다 중요하다고 봅니다. 『법구경』이라는 경전을 보니 이런 말이 있습니다. '미움은 미움으로 갚아지지 않는다. 미움은 관용으로만 갚아진다.' 참 훌륭한 말씀이라고 생각됩니다. 이제는 정말 이런 마음으로 서로를 보듬어 안아야 할 때라고 생각합니다.

스님　저는 민족분단의 아픔을 치유하기 위해서는 갈등을 갈등대로 인정하면서 갈등을 넘어서는 길을 모색하는 것이 중요하다고 봅니다. 선생님의 시 '묵뫼'를 보면 바로 그런 갈등을 넘어서는 화해를 그리고 있습니다. 돌보는 사람이 없는 오래된 묘인 '묵뫼'에는 여러 사람이 묻혀 있는데 그들 중에는 다리 잃은 소년병, 서로 죽이고 죽은 청년단장과 소작농을 못살게 굴던 말강구까지 많은 사람들이 어우러져 묻혀 있습니다. 그중에는 철천지원수로 악연을 맺은 사람이 있는가 하면 생전에 아무 관계도 없는 사람이 있습니다.
그러나 살아서의 관계가 어떠했건 간에 그들은 무덤 속에 하얀 뼈로 누워 다정한 친구인 양 이마를 맞댄 채 잠들어 있습니다.

미움도 원한도 갈등도 죽음의 세계에는 들어오지 못합니다. 세상의 갈등은 죽음의 세계에서는 오히려 철따라 갖가지 꽃을 피우고 열매 맺게 하면서 온갖 새들을 불러 모으는 화합과 공존의 터전으로 변합니다. 저는 이 시를 읽으면서 정말 가슴이 저렸습니다. 우리가 통일의 문제를 말하려면 적어도 이 시처럼 마음속에 들어있는 날카로운 대립의 칼을 버리고 원점에서 다시 시작해야 할 것입니다.

묵뫼

여든까지 살다가 죽은 팔자 험한 요령잡이가 묻혀 있다
북도가 고향인 어린 인민군 간호군관이 누워 있고
다리 하나를 잃은 소년병이 누워 있다.
등너머 장터에 물거리를 대던 나무꾼이 묻혀 있고 그의
말더듬던 처를 꼬여 새벽차를 탄 등짐장수가 묻혀 있다
청년단장이 누워 있고 그 손에 죽은 말강구가 묻혀 있다

생전에는 보지도 알지도 못했던 이들도 있다
부드득 이를 갈던 철천지원수였던 이들도 있다
지금은 서로 하얀 이마를 맞댄 채 누워
묵뫼 위에 쑥부쟁이 비비추 수리취 말나리를 키우지만

철따라 꽃도 피우고 열매도 맺으면서

뜸부기 찌르레기 박새 후투새를 불러 모으고

함께 숲을 만들고 산을 만들고

세상을 만들면서 서로 하얀 이마를 맞댄 채 누워

월악산에서 죽었다는 아들의
옷가지라도 신발짝이라도 찾겠다고
삼십 년을 하루같이 산을 헤매던 아낙네는
말강구네 사랑방 실퇴에 앉아 죽었다 한다

한나절 거적대기에 덮여
살구꽃 꽃벼락을 맞기도 하고
촉촉이 이슬비에 젖기도 하던 것을

전쟁, 어떤 평화도 전쟁보다 낫다

스님　요즘 서울에서는 이라크 파병문제로 상당히 시끄러운 것 같습니다. 정부나 정치권에서는 파병을 결정한 것 같고, 종교단체나 재야단체에서는 미국이 주도한 전쟁에 용병을 보낼 수는 없다고 반대하는 모양입니다.

시인　그 문제는 워낙 민감한 문제라서 이렇게도 말하기가 힘들고 저렇게 말하기도 힘듭니다. 전쟁에 참여하고 파병해야 한다는 사람은 주로 미국과의 관계라든가 현실적인 이익을 고려하는 것 같습니다. 만약 우리가 미국의 파병요청을 거절한다면 한미공조가 파기되고 전후 이라크 복구사업에서 소외된다는 점을 들어 파병을 해야 한다는 것이지요. 이에 비해 반대하는 측은 이라크에는 아직도 저항세력의 테러활동이 만만치 않은데 거기에 군인들을 보내 사상자를 낼 수 없다는 점, 이 전쟁은 기본적으로 미국이 국제여론을 무시하고 단독으로 수행한 침략전쟁이라는 점을 들어 파병의 명분이 없다는 것입니다.

국익이냐 사람의 목숨이냐, 명분이냐 실리냐 하는 것이 논쟁의 초점이 아닌가 싶습니다.

스님　이라크 전쟁을 어떻게 볼 것이냐도 논쟁거리인 모양입니다. 이라크전 파병 문제를 둘러싸고 전쟁의 정당성과 도덕성 문제가 불거졌을 때 일본에서도 이런 논쟁이 있었답니다. 이라크에서 후세인이 정권유지를 위해 철권독재를 휘두르며 지난 수십 년 간 백만여 명을 죽인 것을 방관하는 것이 과연 국제사회의 정의라고 볼 수 있느냐 하는 것입니다. 미국이 어떤 명분을 내걸든지 후세인을 제거하고 죽어가는 이라크 사람을 살려내는 일이 더 정의로운 것이라는 주장입니다.

이에 반해 반대론자들은 미국이 이라크를 공격한 것은 중동에서 석유시장을 독점하기 위한 추잡한 에너지 전쟁이지 그게 무슨 정의로운 전쟁이냐는 것입니다. 설사 후세인이 독재를 했다고 해도 그것은 이라크가 자체적으로 해결하도록 도와주어야지 그런 걸 명분으로 전쟁을 일으키는 것은 있을 수 없다는 것입니다.

이런 논쟁은 미국-이라크전을 이라크 해방전쟁으로 보느냐 이라크 침략전쟁으로 보느냐 하는 성격규정 문제와 관계가 있어 보입니다. 또 이것이 우리나라의 파병문제와도 밀접한 관계가 있다고 보는데 어떻게 보아야 할지 모르겠습니다.

시인　이라크의 후세인 정권이 문제가 있었던 것은 사실입니다.

그러나 그것은 어디까지나 이라크의 내정문제로 보아야겠지요. 따라서 그런 문제를 해결하기 위해서는 다른 압력수단이나 개선 방법을 모색해야지 강대국이 직접 총과 대포를 들이대고 공격을 하는 것은 옳지 않다고 봅니다.

역사적으로 보면 유럽의 십자군전쟁이 그런 성격이었습니다. 하나님을 믿지 않는 비기독교적 국가를 벌하고 지상의 왕국을 세우겠다는, 그들 나름으로는 매우 정의로운 목적을 가진 전쟁이 십자군전쟁이었습니다. 하지만 그 전쟁이 과연 정당한 것이었는가 하면 그렇지 못했습니다. 그것은 종교를 이유로 한 침략전쟁이었을 뿐입니다. 더욱이 그로 인해 희생된 수많은 사람의 목숨을 생각한다면 십자군전쟁은 부끄러운 전쟁이었습니다.

이런 시각에서 본다면 미국의 이라크 침공은 어떤 명분도 얻을 수 없습니다. 이라크가 대량 살상무기를 가지고 있다고 유엔사찰단을 보내 조사를 했지만 증거를 못 찾았습니다. 그런데도 미국은 국제여론을 무시하고 이라크를 공격했습니다. 나는 후세인 독재는 반대하지만 그렇다고 미국이 전쟁까지 일으켰어야 했는지에 대해서는 반대입니다. 미국이 정말로 이라크 국민을 생각했다면 시간이 걸리더라도 다른 방법을 찾았어야 했다고 봅니다.

스님　십자군전쟁 말씀을 하니 생각나는 일이 있습니다. 200년 전 조선 순조 때 있었던 황사영 백서사건입니다. 황사영이라는 천주교 신도가 1801년 일어난 신유박해를 피해 충청도 어디에 피신해 있으면서 중국에 있는 프랑스 주교에게 신유박해 자료를 수집해서 편지를 보내려 했습니다. 이 편지는 중국인 주문모 신부를 비롯해서 최창현, 정약종, 강완숙 등 신유박해 순교자 30여 명의 이야기를 기록한 뒤 서양의 군함을 파견해서 정부를 혼내주고 신앙의 자유를 얻게 해달라는 내용입니다. 이 문서가 도중에 발각되어서 그렇지, 만약 북경으로 그대로 전달됐다면 어떤 일이 생겼을지 모를 일이었습니다. 우리나라에서도 종교 때문에 십자군전쟁 같은 전쟁이 일어날 수도 있었다는 점에서 그야말로 모골이 송연해지는 사건이었습니다.

만약 이런 말도 안 되는 것을 이유로 해서 미국이나 다른 강대국이 전쟁을 일으키려고 한다면 지구는 한시도 편할 날이 없을 것입니다. 예를 들어 미국이 이라크를 침공한 명분을 북한에도 적용한다면 한반도에서도 같은 상황이 일어날 수 있을 것입니다. 북한이 핵문제를 들고 나오는 것도 미국이 이라크를 명분 없이 공격하는 데 대한 자위책이 아니냐 하는 생각이 들 때가 많습니다. 세계 최강대국 미국이 마음만 먹으면 어떤 구실을 붙여서라도 어떤 나라든 공격하지 않는다는 보장이 없습니다. 그런 점에서 미국의 이라크 침공은 명분이 없는 것이 사실입니다.

시인　　　그러나 문제는 현실입니다. 우리는 지금까지 다른 나라 이야기만 해왔지만 이 전쟁은 결코 다른 나라의 전쟁이 아닙니다. 사실은 우리와 밀접한 관계가 있는 전쟁입니다. 우리는 미국의 요청을 받아 파병을 해야 하는 입장에 놓여 있습니다. 파병 문제에는 매우 현실적인 이해관계가 걸려 있습니다. 어떻게 해야 좋을지 정말 고민되는 일입니다.

스님　반대한다고 그렇게 될 일인지 아닌지는 모르겠습니다만 이라크에 전투병을 파병하는 것은 옳지 않다고 봅니다. 이라크가 아무리 안정됐다고는 하나 전투병은 기본적으로 전쟁을 전제로 한 군대입니다. 이런 부대를 보낸다는 것은 간단하게 말해 적으로 간주되는 사람은 죽이겠다는 것입니다. 물론 적도 이쪽을 죽이려 할 것입니다. 전쟁이 별것입니까. 이렇게 생각이 다른 사람끼리 총질을 해대는 것이 전쟁입니다. 내전도 전쟁이고 침략도 전쟁입니다. 아무리 국익을 내세운다지만 이렇게 사람을 해치는 전쟁과 폭력을 지지할 수는 없습니다.

시인　적절한 비유는 아닙니다만 우리나라에서도 박정희 시대의 유신독재, 전두환 시대의 군사독재에 항거해서 폭력시위가 있었습니다. 학생들이 화염병을 던지고, 경찰차를 불태우고, 쇠파이프와 몽둥이로 과격한 폭력시위를 했습니다. 이때 폭력시위의 논리는 공권력이라는 제도적 폭력 앞에 민주주의를 쟁취하기 위한 대항폭력은 불가피하다는 것이었습니다. 이에 반해 당시의 공권력은 국가의 안녕과 공공질서를 유지하기 위해, 폭력시위는 폭력적 방법으로 진압해야 한다는 명분을 내세웠습니다. 결국 양쪽이 다

정의를 내세우면서 사태는 걷잡을 수 없을 정도로 내달은 것이 바로 광주민주화운동입니다.

광주민주화운동은 불의한 공권력에 대항하는 대항폭력의 정점이 어디인가를 보여준 극단적인 사례입니다. 저는 국민이 독재권력의 압박에서 벗어나 행복하게 살 권리가 있고, 그것을 행복추구권, 또는 평화추구권이라고 한다면 권력의 폭력에 폭력으로 맞서는 것은 정당하다고 생각합니다.

스님　그러면 이라크와 미국의 관계는 어떻다고 보시는지요.

시인　후세인의 살인과 폭력, 이것은 이라크의 문제인데 미국이 개입한다는 것은 어떤 경우에도 정당화하기 어렵다고 봅니다. 그것은 이라크 국민이 선택해야 할 일입니다. 만약 후세인 정부에 대해 이라크 국민이 폭력으로 대항했다면 그것은 정당화될 수 있겠지요. 그렇지만 미국이 개입한 이라크 침공은 정당하지 않다고 봅니다.

스님　만약 이 문제로 이라크에서 내전이 일어났다고 하면 어떻게 해야 할까요. 내전도 작은 규모의 전쟁인데 이때 국제사회는 누구를 도와주어야 합니까.

시인　그런 경우가 생겼다면 미국을 비롯한 국가들이 이라크 국

민을 도와주어야 할 의무가 있다고 봅니다. 아니 의무라고 하기
보다 도와줄 권리가 있다고 생각합니다. 그러나 그런 경우가 아닐
때는 미국이 개입해서 후세인을 몰아내라 하는 식의 폭력은 정당
화 될 수 없다고 봅니다. 미국의 폭력이라는 것이 후세인에 비해
훨씬 더 큰 폭력이니까요. 그리고 아주 현실적으로는 후세인이라
는 사람이 누구입니까. 원래 미국이 심어 놓은 사람인데 심어 놓
고서 뜻대로 안 되니까 후세인을 아주 못된 놈으로 규정하고 '나
쁜 놈아, 너 관둬라' 그랬단 말이죠.

스님　　모든 폭력과 전쟁을 이렇게 구체적으로 따지고 들면 참
골치 아픕니다. 이쪽 말을 들으면 이쪽이 옳고 저쪽 말을 들으면
저쪽이 옳은 측면이 있습니다. 역사는 승리자의 기록이라고 하
는 말에는 '정의는 승리함으로써 획득된다'는 논리가 숨어 있습니
다. 하지만 그 승리도 언젠가 시간이 지나면 다시 평가받을 수도
있습니다. 결국 누가 옳고 그른지는 절대적이기보다는 이해관계에
따라 달라질 수밖에 없는 것이 역사지요.
선생님이 쓰신 '월악산의 살구꽃'은 한국전쟁의 비극을 모티브로
한 작품이지만 전쟁의 무의미성, 반인간성, 그리고 그 터무니없는
비극성을 너무나 슬프게 그린 시라고 봅니다.

월악산의 살구꽃

월악산에서 죽었다는 아들의
옷가지라도 신발짝이라도 찾겠다고
삼십 년을 하루같이 산을 헤매던 아낙네는
말강구네 사랑방 실퇴에 앉아 죽었다 한다

한나절 거적대기에 덮여
살구꽃 꽃벼락을 맞기도 하고
촉촉이 이슬비에 젖기도 하던 것을

여우볕이 딸깍 난 저녁 나절
장정 둘이 가루지기로 메어다가
곳집 뒤
바위너설 아래 묻었다

찾아다오 찾아다오 내 아들 찾아다오
너희들이 빨갱이라고 때려죽인
내 아들 찾아다오
이슬비 멎어 여우볕
딸깍 난 저녁 나절이면 아낙네는 운다

살구꽃잎 온몸에 뒤집어쓴 채

머리칼 홑적삼이 이슬비에 젖은 채

그런데 문제는 이런 비극적 상황이 닥칠 때마다 모든 전쟁은 항상 정의의 얼굴을 가장하고 우리 앞에 나타난다는 점입니다. 이번 이라크전만 해도 선생님 말씀대로 미국이 어떤 명분을 내세우더라도 본질은 자기들의 국익을 얻기 위한 것에 지나지 않습니다. 더 직접적으로 말해 석유를 빼앗고 이익을 추구하기 위한 것이 이 전쟁의 근본 바탕입니다. 그런 측면에서 보면 미국이 마땅히 비판을 받아야 된다고 생각합니다.

그러나 한편 후세인으로 볼 때는 자기 정권의 문제나 개인의 욕망을 지키기 위해서 국민을 탄압하고 또 국민을 볼모로 외국의 간섭을 배제해 온 면이 있습니다. 그렇게 하는 것이 옳다고 생각하는 것은 후세인의 아집입니다. 후세인이라는 독재자 한 사람 때문에 무고한 사람들이 많이 희생되는 것은 정말 나쁜 짓입니다. 또 그 한 사람을 제거하기 위해서 미국이 전쟁을 일으킨 것도 대국답지 못한 일이라고 봅니다.

시인　　모든 전쟁은 어떤 명분으로도 정당화될 수 없습니다. 어떤 정부가 하더라도 정당한 전쟁은 없습니다. 왜냐하면 전쟁은 인간이 겪는 고통 중에서 가장 비극적인 고통을 만들기 때문입니다. '어떤 평화도 전쟁보다 낫다'는 말은 정말로 옳다고 봅니다. 물론 깊이 들어가면 그 개념 속에 문제가 없는 것은 아니겠지만 말입니다. 방금 제가 쓴 '월악산의 살구꽃'을 예로 드셨는데 전쟁은 그런 아픔을 한 사람이 아니라 수많은 사람에게 동시에 안겨줍니다. 생각하면 몸서리쳐지는 일입니다.

스님　요즘은 전쟁하는 무기를 만들어도 너무 무자비하게 만드는 것 같습니다. 별별 살상무기가 다 있습니다. 폭탄도 땅에 떨어져서 터지는 것이 아니라 공중에서 터져서 사람을 죽인답니다. 전쟁과학이란 어떻게 하면 일시에 많이 죽일 수 있을까를 연구하고 있다는 얘깁니다.

그래서 저는 지난번 미국에 갔을 때 어떤 작가를 만나 인터뷰를 했는데 참으로 미국이 세계평화를 위한다면 살상무기를 만드는 돈으로 빵을 만들 것을 주문했습니다. 그리고 미국이 핵을 버리면 북한 등 다른 나라도 핵을 버릴 것이라고 강조했습니다. 그리고 이라크에 군대를 보내지 말고 기독교의 선교사를 보내면 평화가 온다고 말했습니다.

시인　인간의 역사란 어떤 의미에서 전쟁의 역사라는 느낌을 받았습니다. 또 전쟁을 통해 문명이 발달하는 측면도 분명히 있는 것은 사실이라고 봅니다. 과학문명의 발달 특히 무기 발달의 가장 큰 동기는 전쟁입니다. 폭약 같은 걸 만들면서 과학이 발달한 측면이 없지 않지요. 요즘 북핵이 문제가 되고 있지만 핵물질이라는 것도 폭탄을 만들지 않고 발전소를 만들어 전기를 생산한다든지 X레이처럼 의료용으로 사용하면 이로운 것이 됩니다. 비행기도 전투기가 아니라 수송기나 여객기로 쓰면 매우 편리한 문명의 이기가 됩니다. 미사일 기술은 위성을 만들게 했습니다.

이렇게 인간생활을 향상시키는 방향에서 과학기술을 이용해야 하는데 우리는 오히려 그 반대로 어떻게 하면 대량으로 살상하고 파괴할 수 있는 무기를 만드는가에 사활을 걸고 있습니다. 참으로 안타까운 일이지요.

어쨌든 이런 대량 살상무기로부터 인간의 안전과 평화를 지키기 위해서는 어떤 전쟁도 허용해서는 안 됩니다. 특히 우리나라는 전쟁의 피해를 엄청나게 본 나라입니다. 역사적으로 보면 우리나라는 무려 8백 회가 넘는 침략전쟁에 시달려 온 나라입니다. 그중에서 가장 참혹한 전쟁이 50여 년 전에 있었던 한국전쟁입니다. 따라서 이런 전쟁을 막는 것은 평화통일보다 우선해야 합니다. '우리의 소원은 통일'이지만 그에 앞서 현재 남북 간의 평화를 어떻게든 유지하는 것이 중요합니다. 왜냐하면 전쟁은 무엇보다도 사람의 생명을 해치기 때문입니다.

스님　불교는 그런 측면에서 보면 매우 극단적인 평화주의 종교입니다. 불교의 제일 계율은 생명을 죽이지 말라는 불상생(不殺生)입니다. 살생을 금하는 계율의 배경에는 생명의 등가성(等價性)이

자리 잡고 있습니다. 불교는 모든 중생이 다 부처가 될 것이라고 가르칩니다. 사람은 물론이고 생명이 있는 모든 것은 다 미래의 부처님입니다. 이런 생명을 죽이는 것은 바꿔 말하면 미래의 부처님을 죽이는 것이 됩니다. 그러므로 어떤 경우에도 생명을 해치는 행위를 해서는 안 된다는 것이 부처님의 가르침입니다. 저 유명한 『법구경』의 구절은 우리가 왜 생명을 존중해야 하는가를 설명해줍니다.

> 살아 있는 모든 존재는 다 죽음을 두려워한다(一切皆懼死).
> 폭력을 두려워하지 않는 사람은 하나도 없다(莫不畏杖痛).
> 자기에게 관대한 것처럼 남에게도 그렇게 하라(恕己可爲譬).
> 절대 죽이지 말고 폭력을 행하지 말아야 하리라(勿殺勿行杖).

여기서 말하는 불살생의 원리는 간단합니다. 내 목숨이 소중하다면 다른 생명도 중요하니 자기에게 관대한 것처럼 남에게도 관대하라는 것입니다.

부처님은 이런 가르침을 말로만 설법하지 않았습니다. 분쟁이 있는 곳이 있으면 직접 찾아가서 설득했습니다. 부처님은 매우 적극적인 평화주의자이자 반전운동가였습니다. 『본생경』이라는 불경에는 물싸움이 발단이 돼 전쟁이 일어나려 하자 이를 말리는 모습이 나옵니다. 이 싸움의 당사자인 콜리족과 석가족은 로히니 강을 사이에 두고 평화롭게 지내는 사돈지간이었다고 합니다. 그러나 어느 해 여름 가뭄이 들자 농업용수 때문에 시비가 일어나 전쟁 일보 직전까지 이르렀습니다. 마침 이곳에서 멀지 않은 숲에 있던 부처님은 이 소식을 듣고 물싸움 현장으로 달려가 싸움을 중재했습니다.

"왕이여, 물과 사람 중 어느 쪽이 더 중요합니까?"

"물론 물보다 사람이 더 중요합니다."

"물싸움 때문에 사람을 죽이려는 것은 옳지 않습니다. 전쟁은 원한을 낳고 원한은 다시 더 큰 전쟁을 부를 뿐입니다."

두 종족은 부처님의 중재로 전쟁을 포기하고 화해의 악수를 나누었다고 합니다.

부처님은 또 전쟁을 막기 위해 '나 홀로 반전시위'를 벌인 적도 있었습니다. 『증일아함경』에 보면 코살라라는 강대국이 석가족을 멸망시키던 때의 비참한 모습이 기록돼 있습니다. 코살라의 새로 등극한 비루다카 왕은 다른 나라와의 영토 확장 경쟁에서 우위를 차지하기 위해서 부처님의 모국인 카필라를 공격했습니다. 여기에는 비루다카가 소년 시절에 카필라를 방문했다가 자신의 어머니가 노비 출신이라는 이유로 모욕을 당한 것에 대한 앙갚음도 포함돼 있었습니다. 소문은 들은 부처님은 국경 지역의 앙상한 나무 밑에 앉아서 출정하는 비루다카 왕을 기다렸습니다. 이를 본 비루다카 왕이 물었습니다.

> 살아 있는 모든 존재는 다 죽음을 두려워한다.
> 폭력을 두려워하지 않는 사람은 하나도 없다.
> 자기에게 관대한 것처럼 남에게도 그렇게 하라.
> 절대 죽이지 말고
> 폭력을 행하지 말아야 하리라.

"잎이 무성한 니그로다 나무도 있는데 왜 마른 나무 밑에 계시는 지요?"

"친족의 그늘이 다른 곳보다 시원한 법이지요."

부처님의 뜻은 당신을 생각해서라도 고향 카필라를 공격하지 말아 달라는 것이었습니다. 그렇지만 왕은 끝내 카필라를 침공해 석가족을 참혹하게 도륙합니다.

『비나야잡사』라는 책에는 부처님이 끝까지 전쟁을 막지 못한 후회와 고통이 어떠했는가를 이렇게 묘사하고 있습니다.

'종족이 몰살당하자 부처님은 심한 두통을 느꼈다. 부처님은 아난에게 발우 가득 물을 떠오게 했다. 그 물을 이마에 뿌리니 곧 연기가나며 소리 내어 끓었다. 그것은 마치 달아오른 쇳덩이에 물을 뿌린 것과 같았다.'

시인　어떤 책을 보니까 부처님이 활동하던 당시인 기원전 5세기 경의 인도는 전쟁이 무척 많았던 시대였더군요. 당시 북인도에는 16대국이 분립해 쟁패를 했는데 나중에는 마가다, 코살라, 카시, 아반티 등 4대국만 남게 되었다고 합니다. 그런데 이 4대국 가운데 카시는 코살라에 병합되었고, 마가다는 이 코살라를 공격해서 최초의 통일제국을 세웠는데 이것이 아마 최초의 통일제국인 마우리아 왕조일 것입니다. 그러니까 부처님 당시에는 여러 국가들이 새로운 군주국가를 건설하기 위해 수많은 통일전쟁을 거듭했던 것 같은데 부처님은 이런 전쟁에 대해 매우 깊은 우려를 했던 것으로 보입니다. 스님이 방금 말씀한 사건은 그런 과정을 보여주는 것이라 할 수 있을 겁니다.

그런데 문제는 이런 살육과 약육강식이 횡행하는 시대일수록 평화에 대한 종교의 가르침이 먹혀들지 않는다는 것이지요. 부처님이 직접 나서서 전쟁을 말렸는데도 불구하고 싸움을 하는 것이 인간의 욕심이고 이기주의입니다. 그래서 부처님은 어떻게 하면 인간 불행의 원인인 탐욕적 이기주의와, 이에 근거한 전쟁을 극복할 것인가에 설법의 많은 부분을 할애하지 않았나 하는 생각을 합니다.

스님　사람들은 여러 가지 명분을 내걸어 전쟁을 합니다. 고대 사회부터 항상 전쟁은 종족의 보존과 번영을 위한다는 명분을 내세웠습니다. 다른 민족이나 국가와 싸워서 영토와 식량과 노예를 빼앗기 위해 싸웠습니다. 현대라고 다를 것이 없습니다. 남을 공격해서 얻을 것이 없다면 전쟁이 날 이유가 없을 것입니다.

이렇게 본다면 모든 전쟁은 인간의 탐욕이 근본 원인이라 해야 할 것입니다. 그런데 우리는 이러한 인간의 이기심 앞에서 평화를 지켜내는 마땅한 방법을 찾아내지 못하고 있습니다.

시인　과거에 미국과 소련이 핵무기 경쟁을 할 때 나온 이론에 의하면 핵전쟁 억제를 위해 핵무장을 해야 한다는 것입니다. 핵무기를 한쪽만 가지고 있으면 힘의 균형이 기울어서 강한 쪽이 약한 쪽을 공격하거나 위협하게 되므로 오히려 전쟁이 일어난다는 것입니다. 전쟁을 막기 위해서는 힘의 균형이 비슷해야 한다는 이론이지요. 그래서 세계의 강대국들은 경쟁적으로 핵무장을 했습니다. 쉽게 말해 전쟁이 일어나면 나도 죽지만 너도 죽는다. 그러니 공격하지 말라는 것입니다. 그러다 보니 현재 각국이 보유한 핵무기는 지구를 폭발시키고도 남을 양이라고 합니다. 이것을 '불안한 평화'라고 부르는 모양인데 이는 근본적인 대책이라기보다는 전략적인 성격이 강합니다.

그러나 이러한 불안한 평화도 이제 무의미하게 되었습니다. 소련이 붕괴됨으로 해서 미국은 이제 세계 유일의 초강대국이 됐습니다. 이에 대응하는 국가는 중국 정도라고 보는데 중국도 과거 소련 같은 강력한 대항세력은 아닙니다. 따라서 미국은 마음만 먹으면 무슨 일이든 할 수 있는 상황입니다. 이라크 전쟁이나 북한 핵 문제는 이런 과정에서 생긴 현상이지요.

스님　이런 문제를 근본적으로 해결하기 위해서는 정치적인 접근도 중요하지만 종교적인 접근도 매우 중요하다고 봅니다. 원론적인 얘기입니다만 인간이 욕망을 버리지 않는 한 전쟁은 계속될 수밖에 없습니다.

매우 이상적이기는 하지만 불교의 전륜성왕(轉輪聖王) 사상은 전쟁을 종식하고 평화를 구현하는 좋은 모델이 될 수 있다고 생각합니다. 전륜성왕이란 욕심으로 통치하는 왕이 아니라 자비와 진리로서 세상을 통치하는 왕을 말합니다. 플라톤이 말하는 철인(哲人) 통치자 개념과 비슷합니다. 역사적으로 보면 최초의 인도 통일제국을 건설한 마우리아 왕조의 아쇼카 왕 같은 사람을 이상적인 통치자라고 할 수 있습니다. 그는 통일전쟁을 치르면서 수많은 사람을 희생시킨 것을 후회하면서 살생을 금하고 사회복지제도를 강화한 통치자로 기록되고 있습니다.

시인 그러나 그 문제는 그렇게 간단한 것이 아니라고 봅니다. 전륜성왕이란 고대사회에서는 이상적인 통치자일지는 모르지만 민족국가가 성립된 이후의 국제질서 아래서는 '제국주의적 발상'이라는 생각이 듭니다. 예를 들어 2차대전 당시 일본이 아시아 여러 나라를 침략하면서 내세운 것이 이른바 '대동아공영(大東亞共榮)'이라는 논리입니다. 그래서 그들은 이 전쟁을 2차 세계대전이 아니라 '대동아전쟁'이라고 했습니다. 아시아 국가를 침략한 것이 아니라 일본이 맹주가 되어 서구 제국주의로부터 아시아 국가를 지켜주고 잘살게 해주겠다는 논리였습니다.
전륜성왕이 이상적인 통치를 하기 위해서는 일단 공격을 해 올지도 모를 주변 국가부터 항복받고 통일을 이룬 뒤, 그러니까 요즘 말로 하면 제국을 건설한 다음에 자비를 베풀든 선정을 베풀든

해야 하는데 그것이 바로 제국주의적 발상이라는 것입니다. 따라서 불교가 전륜성왕의 사상을 너무 강조하고 그 문제점은 간과하다 보면 제국주의를 지지하는 것이 되기 쉽습니다.

잘은 모릅니다만 일본이 이른바 대동아전쟁을 할 때 일본 불교계가 '팔굉일우(八宏一宇)' 즉 '세계는 하나다. 따라서 우리는 모두 하나가 되어야 한다'면서 일본 군국주의의 침략 논리를 정당화하지 않았던가요?

스님 그것은 일본 불교가 화엄사상에 나타나는 '세계일화(世界昵花)' 즉 '세계는 한 송이의 꽃'이라는 사상을 정치적으로 해석한 것이지요. '세계가 하나라는 것을 정치적 입장에서 해석하면 '하나의 제국'이라는 개념이 성립됩니다. 그러나 이것을 굳이 나쁘게 볼 이유가 없는 것이, 하나의 제국이 성립되면 침략을 할 대상도 없고 침략할 이유도 없어지기 때문입니다.

예를 들면 미국은 51개의 자치정부가 연합을 이룬 국가체제입니다. 만약 이들 자치정부가 미국이라는 깃발 아래 연방국가를 형성하지 않고 독립국가로 남아 있다면 모르긴 해도 오늘의 북미대륙은 영토 분쟁으로 시끄러웠을 것입니다. 그러나 51개 주가 미국이라는 연방국가를 형성함으로써 평화와 공영이 이루어지고 있습니다. 이것은 '통일제국의 효과'라고 해도 좋을 것입니다.

시인 그런 생각은 자칫하면 강대국의 식민지배를 정당화해주는 매우 위험한 생각이 될 수도 있습니다. 그 논리를 더 확대하면 미국이 세계를 하나의 국가로 통일하고 세계를 120개 주나 200개 주로 분할해서 통치해도 괜찮다는 것이 됩니다. 그것은 서유럽 국가가 아시아나 아프리카 국가를 식민지배하던 논리와 같습니다. 그러나 과연 그러한 제국주의가 지배한 식민지가 잘 살았는가 하면 그렇지 못했습니다.

멀리서 예를 들 필요도 없습니다. 일본이 한국을 식민지배할 때를 생각해보면 됩니다. 일본은 한국에 들어와 신작로를 닦고 학교도 지었습니다. 철도도 놓고 전기도 생산했습니다. 이런 것을 예로 들어 일본이 한국을 식민지배해서 잘살게 해주었다고 말할 수 있느냐 하면 그렇지 않습니다. 왜냐하면 그것은 식민지를 수탈하기 위한 수단이었기 때문입니다. 말로는 내선일체(內鮮一體)라고 했지만 엄청난 차별을 했고, 지배하려고 했습니다. 일제하에서 우리나라 사람들이 얼마나 핍박받았는지를 생각하면 불교에서 말하는 '세계일화'는 비현실적 관념주의로 비판받아도 할 말이 없을 것입니다.

스님　선생님 말씀이 맞긴 맞습니다. 세계일화의 사상은 자칫하면 제국주의 지배논리를 뒷받침할 수 있습니다. 하지만 모든 주장이나 사상은 자기가 어느 편에 서 있느냐에 따라 해석이 달라질 수 있다는 점을 또한 인정해야 합니다. 그렇게 되면 다툼과 분열, 시비와 전쟁은 끝이 없습니다. 불교의 전륜성왕 사상은 세계를 식민지배로 통치하겠다는 생각은 아닙니다. 다툼이나 전쟁을 종식시킬 방법의 하나로 세상을 하나의 통일국가로 보고 정법이 지배하는 세상을 만들어야 한다는 이상을 표현한 것이라고 봅니다. 오늘날 말하는 일종의 '세계주의'라고 해도 좋을 것입니다.

우리가 현실에서 평화를 얻는 방법은 딱 세 가지밖에 없습니다. 하나는 아까 말한 국가간의 힘의 균형을 이루어서 불안한 평화를 얻는 것입니다. 둘째는 세계를 하나의 통일제국으로 만들어서 더 이상의 침략이나 전쟁을 아예 무용하게 만드는 것입니다. 마지막으로 가장 좋은 방법은 강대국이나 약소국이 서로를 존중하며 협력하는 것입니다. 그런 이상으로 만들어진 것이 유엔과 같은 기구일 것입니다. 그러나 현실은 이러한 이상을 충족하지 못합니다. 개별 국가가 자기 이익에 따라 행동하기 때문입니다.

이를 극복할 방법의 하나로 세계국가 같은 것도 생각해보는 것입니다. 과거에는 교통통신이 덜 발달돼 어려웠지만 요즘은 '지구촌 시대'라는 말이 일상화되었습니다. 또 세계화와 더불어 점점 민족국가 개념도 사라지고 있습니다. 이제 무엇인가 새로운 돌파구를 생각할 때가 아닌가 합니다. 여기에는 불교의 세계일화 사상이 좋은 이념이 되리라고 봅니다.

시인　　스님은 옛날 제국주의자들처럼 세계국가를 염두에 두시는 것이 아닌가 싶은데 그게 그렇게 간단하지 않습니다. 설사 세계국가를 만들었다 하더라도 이해관계가 조정될지는 의문입니다.

세계국가는 그만두고 우리나라처럼 작은 나라에서도 남북이 나뉘고 동서가 갈라지는 판입니다. 핵폐기장 문제로 온 나라가 들썩거리고 있습니다. 이런 문제도 조정하기 어려운데 세계국가가 운영이 되겠습니까.

스님 우리가 너무 거대담론을 하는 것 같은데 하여튼 저는 이런 얘기가 나올 때마다 다시 생각하는 것이 인간의 탐욕입니다. 사실 모든 문제의 원천은 인간의 탐욕에서 비롯되기 때문입니다. 부처님이 당신의 모국인 카필라가 멸망하자 한때 정치를 할까를 생각한 적이 있었다고 합니다. 그러나 부처님이 지혜로 관찰해보니 결국 문제가 되는 것은 인간의 욕심이었습니다.

부처님이 정치의 길보다 종교의 길을 택한 것은 인간의 욕심을 극복할 방법은 종교적 수양밖에 없다고 본 때문입니다.

시인 그런데 그 종교적 수양이라는 것이 무조건 양보하고 참는 것이라면, 약육강식이 지배하는 세상에서는 죽으라는 말과 같은 뜻이 됩니다. 양보나 인내도 양보할 자리에서 하고 인내할 자리에서 해야지 아무 때나 한다면 언제나 핍박과 수탈을 면치 못하는 것이지요.

사람이란 누구나 자기 뜻대로 살고 싶고, 창의적으로 살고 싶어합니다. 그렇게 살게 해주는 것이 사람을 행복하게 살게 해주는 것입니다. 그런데 어느 한쪽에서 이렇게 해라 저렇게 해라 하면 결국 행복하게 살 수가 없죠. 마찬가지로 강한 나라가 다른 나라를 다 지배하면서 평화롭게 해준다고 한다면 그것이 진정한 평화가 되겠습니까.

제가 여러 해 전에 최남선이 쓴 『송막연운록(松漠燕雲錄)』이라는 기행문을 읽은 적이 있습니다. 만루[송(松)], 몽고[막(漠)], 북경 지방[연(燕)], 운남성[운(雲)]을 다닌 기행문으로, 육당이 중국 여러 지방을 돌아다니면서 강연을 하는데 그 내용 중에 이런 것이 있습니다. 일본이 중국을 침략할 수밖에 없는 이유, 그것을 우리가 도와줄 수밖에 없는 이유에 대한 설명입니다. 육당은 그 이유를 이렇게 말합니다. 중국이란 나라는 원래 어떤 민족이 주인으로 있는 것이 아니고 강한 민족이 차지하면 그것이 나라가 된다, 강한 나라가 차지해서 변방의 민족을 다 행복하게 만들어줄 수 있다고 한다면 그것을 도와주는 것이 정당하다는 겁니다. 이렇게 해야 동양 평화가 오는 것이니 가능한 한 살생을 막고, 누가 우리를 죽일 수 있는 구실을 주지 말자는 거예요. 말하자면 평화주의죠.

저는 이 글을 보면서, 앞에서는 어떠한 평화도 전쟁보다 낫다는 말을 했습니다만, 그 말에도 문제가 있다는 생각이 들었습니다. 육당이 주장하는 평화는 전쟁보다 못하다는 생각이 들었기 때문입니다. 역시 민족이나 개인은 자기 뜻을 제대로 펴고 할 말 있으면 하고 싶은 대로 다하고 창의적으로 살 수 있는 세상을 만들면서 평화스러워야지 그렇지 않으면 평화는 의미가 없는 것이 아니냐 하는 생각입니다.

스님　방금 예로 든 육당의 얘기는 확실히 지나친 데가 있습니다. 그러나 그렇다고 해서 진정한 평화나 행복을 위해 차라리 전쟁이 낫다는 것도 쉽게 동의하기는 어려운 말입니다. 우리는 전쟁을 앞두고 여러 가지 명분과 이익을 따져봅니다만 어떤 경우라도 사람의 목숨보다 더 중요하고 거룩한 것은 없습니다. 역설적이긴 하지만 우리가 전쟁을 하고 사람을 죽이는 것도 '살기 위해서'입니다. 전쟁은 내가 살기 위해서 남을 죽이는 행위라는 점에서 부도덕한 것입니다.

역사적으로 정의를 가장하지 않은 전쟁이 없지만, 어떤 전쟁도 추잡한 욕심이 개재되지 않은 것은 없습니다. 그렇다면 설사 불의(不義)하더라도 전쟁은 회피할 수 있으면 회피하는 것이 최상이고 최선이라고 봅니다. 병법에도 '부전승(不戰勝)이 최상승(最上勝)'이라 했습니다. 싸우지 않고 이기는 것이 최고라는 것입니다. 왜 그런가 하면 아무리 사소한 싸움이라도 하다 보면 상처를 입게 되고 그것은 결국 손해를 가져오기 때문입니다. 그런 의미에서는 전쟁만 나지 않는다는 보장이 있다면 서로 팽팽하게 겨루면서 '불안한 평화'를 지키는 것이 어떨지 모르겠습니다.

시인　문제는 이론이 아니라 현실입니다. 우리가 아무리 전쟁을 기피하고 싶어도 전쟁이 일어나면 어떻게 할 것이냐 하는 것인데 스님은 이럴 때 어떻게 하라고 말씀하시겠습니까. 임진왜란이 일어나자 서산대사와 사명대사는 목탁 대신 창칼을 들고 나와서 싸웠습니다. 이것이 현실입니다. 만약 이때 불교가 현실을 외면했다면 불교 자체가 사회발전이라든가 사회참여 등에 있어서 다른 종교에 비해서 소극적인 원인이 되었을 것이라 생각합니다. 독재자가 됐든 식민지배가 됐든 사람들을 잘살게만 해주면 되는 것이 아니냐 하는 입장은 오히려 불교의 약점이 될 수 있다는 말입니다.

스님　선생님 말씀처럼 적극적으로 싸워서 정의와 평화를 지키는 것은 현실을 대처하는 방법으로는 옳은 말입니다. 그러나 내가 살기 위해 남을 죽이는 것이 옳으냐는 여전히 문제로 남습니다. 물론 저도 성인군자가 아니라서 누가 나를 밟으려 하면 꿈틀할 것입니다. 문제는 꿈틀하는 방법인데 우리는 대체로 두 가지 중에 하나를 선택해야 합니다. 하나는 서산대사나 사명대사처럼 칼을 빼들고 싸우는 것이고, 또 하나는 간디처럼 비폭력 무저항으로 저항하는 것입니다.

저는 이 두 가지 방법 중에 간디의 방법이 옳았다고 봅니다. 간디의 방법이 훨씬 더 종교적인 방법입니다. 서산대사나 사명대사는 우리나라의 고승이고 또 존경받는 분이지만 이분들의 전쟁 참여는 불교적 양심에 의한 종교적 결단이 아니라 유교적 충의심에서였다고 봅니다. 조선시대의 스님들이 모두 유교적 교양과 명분에 충실했던 것과도 깊은 관계가 있을 것입니다.

시인　간디와 서산대사, 사명대사를 같은 잣대로 재는 것은 무리가 있을 것 같다는 생각이 듭니다. 왜냐하면 시대적 조건과 배경이 달랐기 때문입니다. 영국의 식민지배에 비폭력의 저항을 한 간디의 경우는 그것이 최선의 선택이 아니었을까 싶습니다. 당시 인도가 무장을 해서 영국을 쫓아내기에는 힘이 모자랐습니다. 그러므로 비폭력 무저항이야말로 폭력적 저항보다도 더 강한 저항이 되었던 것입니다. 간디는 많은 사람들이 싸우는 것은 결코 승산이 없다는 판단 아래 무저항을 택했던 거죠. 이에 비해 서산대사나 사명대사는 매우 급박한 현실에 직면해 있었습니다. 그래서 폭력적 저항을 할 수밖에 없다, 무력전쟁을 해서 일본을 몰아낼 수 있다, 이런 생각을 했다는 것입니다. 이렇게 해석해야 맞지 않을까요.

스님 그런 면도 있을지 모르겠습니다. 하지만 간디는 기본적으로 무장을 해서 쫓아낼 수 있으면 그 전쟁은 해도 괜찮다는 생각 자체를 부정했다고 봅니다. 다시 말해 전술적으로 비폭력 무저항을 택한 것이 아니라는 것입니다. 간디는 영국이 폭력적이든 아니든 간에 인도가 무장을 해서 전쟁을 한다면 문제가 해결되는 것이 아니라 더 악화된다고 생각했습니다. 비폭력 무저항이 그의 사상적 기조이고, 그는 그런 생각을 온몸으로 실천한 것입니다. 간디가 오늘까지 존경받는 것은 이 비폭력 무저항이야말로 모든 사람들에게 공감을 줬기 때문이라고 생각합니다. 그런 점에서 보면 서산대사나 사명대사도 무저항으로 저항했으면 더 좋았을 것이라는 생각을 하곤 합니다.

시인　며칠 전에 '칸다하르'라는 영화를 본 적이 있습니다. 아프
칸전쟁을 다룬 일종의 기록영화인데 화면에 여기저기 팔다리 잘
린 사람들이 가득해요. 하긴 아프칸전쟁이 10년 넘게 계속됐으
니 다친 사람도 다친 사람이지만 죽은 사람은 또 얼마나 많았겠
습니까. 그 영화를 보면서 전쟁을 막기 위한 전쟁, 그것도 범죄로
구나 하는 생각이 들었습니다. 침략을 막겠다고 전쟁을 일으키는
사람도 결국 범죄자라는 것이지요. 말하자면 이라크의 후세인 같
은 사람이 미국으로 하여금 전쟁을 일으키게 하는 원인을 제공하
는 것도 범죄라는 것이지요. 엄청난 민족적 비극을 가져오는 행
위는 모든 것이 범죄라는 생각이 들었습니다. 우리가 잊고 있어서
그렇지 한국전쟁이 끝난 뒤 얼마나 많은 팔다리 잘린 상이군인들
이 길거리를 배회했습니까. 그런 생각을 하면 끔찍한 것이 전쟁입
니다.

그래서 저는 생명을 존중하라고 가르치는 불교와 같은 종교의 역
할이 참으로 중요하다고 생각합니다. 자신의 행복을 지키기 위해
서 남에게 피해를 주거나 해쳐서는 안 된다는 가르침이야말로 우
리가 다시 한 번 새겨야 할 교훈이라고 봅니다.

언젠가 제가 읽었던 스님의 담시(譚詩) '청개구리'는 생명에 대한 경
외를 너무나 간절하게 말하고 있어서 큰 감명을 받은 적이 있습
니다.

청개구리

어느 날 아침 게으른 세수를 하고

대야의 물을 버리기 위해 담장 가로 갔더니

때마침 풀섶에 앉았던 청개구리 한 마리가

화들짝 놀라 담장 높이만큼이나 폴짝 뛰어오르더니

거기 담쟁이덩굴에 살푼 앉는가 했더니

어느 사이 미끄러지듯 잎 뒤에 바짝 엎드려

숨을 할딱거리는 것을 보고

그놈 참 신기하다 참 신기하다 감탄을 연거푸 했지만

그놈 청개구리를 제(題)하여 시조 한 수를 지어 볼려고

며칠을 끙끙거렸지만 끝내 짓지 못하였습니다.

그놈 청개구리 한 마리의 삶을

이 세상 그 어떤 언어로도

몇 겁(劫)을 두고 찬미할지라도

다 찬미할 수 없음을 어렴풋이나마 느꼈습니다.

스님은 이렇게 청개구리 한 마리에서 생명의 경이를 느끼고 있지만 한쪽에서는 사람 죽이는 일을 예사로 하는 사람들도 있습니다. 이렇게 전쟁에 몰두하는 사람에게 부처님은 뭐라고 꾸짖으실지 그게 궁금합니다.

스님　　부처님 당시 강대국인 코살라와 마가다가 전쟁을 할 때의 얘기를 기록한 『전투경(戰鬪經)』이라는 불경이 있는데 거기에 이런 얘기가 있습니다.

부처님이 사밧티의 기원정사에 계실 때, 어느 날 걸식을 나갔던 비구들이 돌아와 이렇게 아뢰었습니다.

"며칠 전에 코살라의 파세나디 왕과 마가다의 아자타사투 왕이 사이가 벌어져 전쟁을 했습니다. 이 전투에서 코살라군이 패하여 별처럼 흩어졌고 파세나디 왕은 겨우 살아서 사밧티로 돌아왔다고 합니다."

제자들의 말을 들은 부처님은 안타까워하면서 이렇게 말씀하셨습니다.

"싸워서 이기면 원수와 적만 더 늘어나고, 패하면 괴로워서 누워도 편치 않다. 이기고 지는 것을 다 버리면 잘 때나 깨어 있을 때나 편안하리라."

그런 일이 있은 지 얼마 뒤 아자타사투 왕은 아예 코살라를 없앨 심산으로 다시 군사를 일으켜 쳐들어왔습니다. 그러나 미리 준비를 하고 있던 코살라는 마가다군을 궤멸시키고 아자타사투 왕까지 사로잡았습니다. 그러나 독실한 불교도인 파세나디 왕은 부처님의 권고를 받아들여 아자타사투 왕을 놓아주기로 했습니다.

"마가다국과는 오랫동안 원한이 없었으나 어쩌다 사이가 나빠졌습니다. 이 젊은 왕은 나의 오랜 친구 빔비사라 왕의 아들입니다. 놓아주려고 합니다."

그러자 부처님은 이렇게 칭찬했습니다.

"참 잘 생각했습니다. 싸워서 이긴다 한들 끝내는 원한만 더욱 커져서 이익이 없습니다. 그를 놓아주면 서로 편안하고 안락해질 것입니다."

정말 부처님 가운데 토막 같은 말씀이긴 하지만 여기에 길이 있다고 봅니다. 싸우기보다는 화해하고 독점하기보다는 나누는 것이 전쟁을 막는 길이지 다른 길이 없습니다.

시인　　그나저나 이라크 파병 문제는 어떻게 하면 좋을까요.

스님　　아까도 말했듯이 부처님은 마가다가 카필라를 공격하러 갈 때 세 번이나 그 앞을 가로막고 돌려세웠습니다. 그러나 네 번째는 부처님도 어떻게 할 수 없었습니다. 우리도 우리가 할 수 있는 데까지 노력하려는 것이 중요하다고 봅니다.

오늘은 머리 아픈 얘기를 너무 많이 했습니다. 이제 그만 하고 산보나 같이 나가시지요.

동이 트기 전에 상암동 산동네 사람들은
타이탄 트럭에 짐짝처럼 실려
소삿벌 비닐 채마밭으로 들일을 나간다

소주 한 주발에
묽은 된장국으로 시작되는 들일은
시골살이보다 오히려 고달퍼서
때로 뽑힌 명아주 뿌리로
눈에 핏발들이 서지만

다시 타이탄 트럭에 짐짝으로 쟁여
돌아오는 상암동 산동네는
고향만큼이나 정겨운 곳
낯익은 악다구니에

문학, 목매달아도 좋을 나무

스님   한 3, 4년 전인가 어느 신문을 보니까 현역 시인과 평론가 200명을 대상으로 한 설문조사에서 21세기에 영원히 남을 한국의 위대한 시인을 뽑았는데 신경림 선생님이 6위로 뽑혔더군요. 1위는 만해 스님이고, 당시 생존 시인으로 10위 안에 들어간 사람은 신경림 선생과 미당 선생뿐이었습니다. 당대 최고라던 미당이 8위였는데 선생님은 6위로 뽑혔으니 이쯤 되면 요즘 흔히 하는 말로 '국민시인'이라 할 만하다고 봅니다.

본인에게 직접 이런 것을 물어보기는 뭣합니다만 왜 많은 사람들이 선생님을 역사에 남을 위대한 시인으로 꼽는다고 보시는지요.

시인   그렇게 뽑혔다니 개인적으로는 영광이지만 한편으로는 적지 않은 부담이 됩니다. 저는 그동안 『농무』, 『새재』, 『달넘새』, 『민요기행』, 『가난한 사랑노래』, 『쓰러진 자의 꿈』, 『어머니와 할머니의 실루엣』, 『뿔』 등 예닐곱 권의 시집을 냈습니다. 그러나 이 가운데 정말로 문학적으로 완성도가 높은 시, 오랫동안 대중들이 기억하고 읽어줄 시가 몇 편이나 될지를 생각하면 아직도 부끄러운 점이 많습니다.

스님 몇 년 전 만해대상(문학부문)을 받으시고 『유심』에서 특집을 꾸밀 때 자작시 10선을 보니 '파장', '목계장터', '길', '급행열차를 타고 가다가', '장미와 더불어' 등을 꼽으셨더군요. 이 중에 정말 사람들이 뒤에까지 꼭 읽어주었으면 하는 것은 어떤 것입니까.

시인 손가락 열 개가 있는데 어떤 것이 가장 예쁘냐고 물으면 대답이 곤란한 것과 마찬가지입니다. 다만 제가 쓴 시는 쓸 당시에는 그 나름의 강한 동력과 실감으로써 쓰인 시니까 독자들의 마음에도 그렇게 닿았으면 하는 바람이지요.

스님 저는 선생님의 시를 읽으면서 '신경림 선생님의 시는 불교 시다'라고 생각했습니다. 선생님 시는 한 편 한 편이 팔만대장경의 한 구절 같은 느낌이 듭니다. 왜냐하면 시 속에 아픔이 있고, 죽음이 있고, 삶이 보이기 때문이지요. 선생님의 시 속에는 우리 민족의 우비고뇌와 희비애락이 다 들어 있습니다. 모두가 무엇인가를 깊게 생각하게 하는 시들입니다. 시에 살아 숨 쉬는 생명이 있다는 말입니다. 사람들은 선생님 작품 중에 '농무'나 '묵뢰'를 최고로 꼽는데 저는 '상암동의 쇠가락'과 '묵뢰'를 아주 좋아합니다. 물론 '농무'나 '갈대'도 절창입니다만⋯⋯.

상암동의 쇠가락

동이 트기 전에 상암동 산동네 사람들은
타이탄 트럭에 짐짝처럼 실려
소삿벌 비닐 채마밭으로 들일을 나간다

소주 한 주발에
묽은 된장국으로 시작되는 들일은
시골살이보다 오히려 고달퍼서
때로 뽑힌 명아주 뿌리로
눈에 핏발들이 서지만

다시 타이탄 트럭에 짐짝으로 쟁여
돌아오는 상암동 산동네는
고향만큼이나 정겨운 곳
낯익은 악다구니에 귀에 밴 싸움질들

좌도 상쇠 우도 끝쇠
느린 길굿가락으로 이내 손이 맞아
호서 버꾸잡이까지 어우러져
덩더꿍이 가락에 한바탕 자지러진다

보라 판이 끝난 뒤에도 그 쇠가락

저희들끼리 낄낄대며 골목을 오르내리다

잠든 산동네 사람들

고단한 꿈속엘 숨어 들어가

붉고 고운 열매로 맺히는 것을

소샛벌 비닐 채마밭에까지도 뿌려질

질기고 단단한 열매로 맺히는 것을

새벽이면 상암동 산동네 사람들은

그 열매를 하나씩 속에 안고

소샛벌 비닐 채마밭으로 들일을 나가고

제가 보기에 이 시는 우리 민족의 한이요, 춤이요, 노래입니다. 불교적으로 말하면 화엄사상이 이 시 속에 나타나 있습니다. '일미진중함시방(一微塵中含十方) 일체진중역여시(一切塵中亦如是)' 즉 하나가 전체이고 전체가 하나로 어우러지는 느낌을 주는 시입니다. 깊은 밤 바다의 울음처럼 선생님의 시는 모두가 일음(一音)으로 가슴을 서늘하게 합니다.

'상암동의 쇠가락'보다 더 좋아하는 작품은 『어머니와 할머니의 실루엣』이라는 시집에 실린 '묵뢰'입니다. 이 시는 눈물 없이는 생각할 수 없는, 말로는 다 표현할 수 없는 깊은 세계가 담겨 있습니다. 요즘 문학평론가들은 뭐라고 하는지 모르지만 저는 이 시에서 큰 감동을 받았습니다. '묵뫼'에는 불교의 화합과 관용, 자비의 사상이 모두 녹아 있습니다. 인연이 어떻고 부처가 어떻고를 말하지 않아도 불교를 다 말하고 있습니다. 그래서 제가 신경림 시인의 시를 불교시라고 하는 겁니다.

다시 말씀드리면 제가 선생님의 시를 불교시라고 보는 그 속에 인본주의적 생각이 짙게 배어 있기 때문입니다. 인본주의는 불교사상의 근간입니다. 불교는 태어날 때부터 절대적 신의 속박, 잘못된 제도의 속박, 인간 내면의 미혹의 속박에서 인간을 해방시키려는 인본주의에서 출발했습니다.

고대 인도사회는 전능한 신이 있어서 인간의 문제를 주재한다고 믿었습니다. 그러나 부처님은 인간의 운명이 신의 손에 있지 않고 인간 스스로 짓는 업에 의해 만들어진다고 했습니다. 신의 속박에서 인간을 해방시킨 것이지요. 부처님은 또한 인간을 잘못된 이데올로기와 제도로부터 해방시켰습니다. 고대 인도는 카스트 제도라고 해서 인간을 네 가지 계급으로 나누고 상위계급이 하위계급을 천대하고 착취했습니다. 그러나 부처님은 어떤 인간도 본래부터 귀하고 천한 것은 아니며 오직 행위에 의해 천한 인간이 되기도 하고 훌륭한 인간이 되기도 한다며 계급제도를 부정했습니다. 그런가 하면 부처님은 인간 내면에 있는 탐진치(貪瞋癡), 탐욕과 증오와 망상을 버리고 나눔과 용서와 지혜를 체득해야 한다고 가르쳤습니다. 미혹의 속박에서 인간을 해방시킨 것이지요. 부처님은

45년간 철저하게 이런 가르침을 펴고 또 스스로 실천함으로써 인류 최초로 인본주의자의 길을 걸어가신 분입니다.

선생님의 시를 불교시라고 하는 것은 바로 이런 불교적 인본주의 정신이 잘 나타나고 있기 때문입니다. 선생님의 시에서 나타나는 인간의 문제를 스스로 해결하려 하고, 잘못된 제도와 어리석음에서 인간정신을 일깨우며 화해를 강조하는 모습은 불교가 추구하는 종교적 목적과 동일하다는 뜻입니다.

시인 저의 시를 스님의 안목으로 읽고 불교시로 해석하는 것은 오늘 처음 듣는 말입니다. 하긴 불교 용어를 쓴다고 그 자체가 불교시가 되는 것은 아니겠지요. 그것은 형식적인 것에 지나지 않습니다. 문제는 그 속에 얼마나 불교적 생각이 담겨져 있는가 하는 것일 터인데 그렇게 읽어주니 저로서는 좀 기쁘면서도 부끄러운 생각이 듭니다. 시는 이렇게 읽는 사람에 따라, 그릇에 따라 다르게 읽을 수 있는 것이 아닌가 싶군요.

스님 다르지요. 같을 수가 없습니다. 저는 누가 오면 앞에 놓인 찻잔을 가지고 질문을 던집니다. '이 찻잔이 크냐 작냐'를 묻지요. 만약 작다고 한다면 그것은 주발보다 작은 것이지 조약돌보다는 큰 것입니다. 이렇게 크다든가 작다든가 하는 것은 우리의 분별일 뿐이지 원래는 크고 작은 게 없습니다. 즉 잘나고 못나고가 없는 것이지요.

시인   그 말씀은 사람이란 잘나고 못나고가 없다. 결국 모든 존재 하나하나가 다 중요하단 말씀이신 것 같은데…….

스님   그렇습니다. 사람들은 꽃 중에서는 장미꽃이 곱다고 하고, 국화꽃은 오상고절(傲霜孤節)이라며 알아줍니다. 또 소나무는 독야청청(獨也靑靑)이라고 꼽습니다. 그러나 뒷동산 할미꽃이나 패랭이꽃도 향기와 아름다움이 있고, 참나무나 개떡갈나무도 푸른 잎을 가진 나무입니다. 모두가 그 나름의 값이 있는데 어떤 것만 좋고 나쁘다고는 말할 수는 없지요. 이것은 인식의 세계에서도 마찬가지입니다. 선생님이 가봤던 곳을 저는 가보지 못했고 제가 경험한 세계를 선생님은 알 수가 없습니다. 내가 아는 세계가 무진장하면 내가 모르는 세계도 무진장하다는 것이지요.
제가 우리 절에서 가장 존경하는 사람은 밥 짓는 공양주 보살과 허드렛일 돌보는 부목처사입니다. 그 사람들은 제가 갖지 못한 능력을 가지고 있어요. 우리 절의 부목처사는 저보다 뛰어난 데가 많은 사람입니다. 저는 자동차 운전을 못하는데 그 사람은 운전을 잘해요. 석가모니도 운전은 못했어요. 운전을 못하는 사람한테 운전을 잘하는 것처럼 잘난 것이 어디 있습니까.

시인   스님과 얘기를 하다 보니 불교적 사유라는 것이 어떤 것인가가 조금은 윤곽이 잡히는 것 같기도 합니다. 바로 그런 사유를 담아내면 그것이 불교시가 되겠지요. 당연한 일이지만 저는 스님의 시에서 그런 불교적 사유가 아주 진하게 묻어 있는 것을 발견합니다. 예를 들면 제가 『시인을 찾아서 2』에서 소개한 '내가 나를 바라보니' 같은 시가 그렇습니다.

내가 나를 바라보니

무금선원에 앉아
내가 나를 바라보니

기는 벌레 한 마리
몸을 폈다 오그렸다가

온갖 것 다 갉아먹으며
배설하고
알을 슬기도 한다.

이 시는 스님의 자화상 같은 느낌이 드는데 자신을 하찮은 벌레쯤으로 여기는 시인의 겸허한 모습을 볼 수 있습니다. 이 시는 얼핏 보면 자괴감을 나타낸 것으로 읽히기도 하지만 그보다는 천지만물에 대한 외경을 표현한 것으로 읽는 것이 더 옳을 듯합니다.

스님은 어떤 때 시를 쓰십니까. 스님은 수행자니까 그냥 수행만 하면 될 텐데 굳이 시를 쓰는 이유가 무엇인지도 궁금하고요.

스님　저야 뭐 대단한 시를 쓰는 사람은 아니라서 어떤 때 어떻게 쓴다고 말하기가 좀 그렇습니다. 평생 시승(詩僧) 칭호로 살아오면서 고작 시조 100수, 시 30편이 될까 말까 하니 시승이라 할 수도 없지요. 또한 스스로 자신이 시인이라고 생각해본 일도 없었습니다. 다만 저는 무슨 말을 하고 싶을 때 그것을 시로 씁니다. 어떤 서러움이나 기쁨이나 하여튼 그런 감정이 일어나면 그것을 문자로 붙들어 놓은 것이 시가 됩니다. 그러나 그런 생각은 마치 전광석화와 같아서 말이 생각을 따라가지 못하는 경우가 많습니다.

예를 들면 물에 비친 달그림자는 그것을 볼 수는 있어도 손으로 건져낼 수는 없습니다. 물에 손을 담그는 순간 달그림자는 부서지고 마는 것이지요. 이 부서지기 이전의 상을 시로 담아낸다는 것이 매우 어렵습니다. 그것은 깨달음을 시로 표현하는 것이 어려운 것과 마찬가지입니다. 저는 시작(詩作)을 전업으로 하지도 못하지만, 시를 많이 쓰지 못하는 것도 부서진 달그림자를 다시 살려내지 못하기 때문입니다.

시인　문학이 처음 어떻게 생겨났는가에 대해서는 인간의 삶을 말을 통해 재구성하려 한다는 모방충동설, 삶에 즐거움을 더하기 위해서라는 유희충동설, 재능있는 사람이 명성을 얻고자 하는 동기에서 생겨난다는 자기과시설이 있습니다. 이 중에서 문명(文名)을 얻고자 하는 것은 자기과시 욕구라 할 것입니다. 그런 동기가 없으면 좋은 작품은 나오지 않을 것입니다. 그러나 좋은 시보다는 문학을 매명(賣名)의 수단으로 삼고, 그것을 위해 뛰어다니는 것은 썩 아름다운 모습은 아닌 것 같아요. 특히 종교인의 경우는 더욱 그렇겠지요. 또 일반인의 경우라 해도 명예를 추구하는 방법으로 문학을 하는 것은 문학의 목적이나 기능을 너무 세속적인 것으로 타락시키는 것이 아닌가 하는 생각도 듭니다.

그래서 그런지 사람들은 종교 교직에 계신 분들이 시를 쓰거나 할 때 '중 노릇이나 잘하지', '하나님이나 잘 모시지 쓸데없는 욕심이다' 이런 소리를 많이 합니다. 이런 지적에 대해서는 어떻게 생각하십니까. 일반적으로 종교인의 글쓰기에 대해 부정적인 생각을 하는 사람들이 많아서 묻는 말입니다.

스님　마치 저를 두고 하시는 말씀 같아 좀 쑥스럽습니다. 사실 근래 들어 그런 비난을 받을 만을 일들이 종종 있다고 봅니다. 신문 잡지에 얼굴이 나오는 것을 좋아한다든가 하는 것은 종교인답지 못한 태도라고 합니다. 이름 내기 좋아하는 설익은 종교인이 그 수단으로 문학을 이용하는 것은 본인도 그렇고 남 보기에도 그렇고 결국은 자기를 더럽히는 것이지 명예로운 것은 아닙니다. 서산대사가 말하기를 '흉은 감춰도 그 이름은 감출 수 없다'라고 했는데 이 말은 수양을 잘하면 저절로 이름이 나는데 자기 스스로 이름을 내려고 하는 것은 부끄러운 일이라는 것이지요. 그런 점에서 저도 부끄러움을 많이 느낍니다.

그러나 문학과 종교, 시와 불교는 소 닭 보듯 하는 그런 사이는 아닙니다. 문학과 종교는 제법 친연성(親緣性)이 많습니다. 예를 들어 옛 선사들은 많은 시문을 남기셨습니다. 읽어보셨는지 모르겠습니다만 고려 때의 진각 혜심이나 태고 보우, 나옹 혜근 같은 선사, 조선시대의 청허 휴정, 소요 태능, 청매 인오 같은 스님들의 선시는 선의 진수를 노래한 것이지만 문학적으로도 매우 뛰어난 작품으로 정평이 높습니다. 선사들의 게송 외에 경전에도 훌륭한 종교시가 많습니다. 유명한 『법구경』은 게송으로 이루어진 경전입니다. 부처님이 제자들을 가르칠 때 외우기 쉽도록 게송으로 설법한 것을 모아 놓은 것이지요. 또 부처님 일생의 일대의 모습을 찬탄한 『불소행찬』 등 많은 경전이나 어록 속에서 이와 같은 게송을 쉽게 만날 수 있지요. 불교의 종교문학은 여기에서 비롯됩니다.

시인　선시(禪詩)는 우리 시문학에서도 매우 중요한 영역으로 인정받기 시작한 것 같습니다. 그렇게 되기까지는 스님 같은 승려 문인들의 역할이 컸다고 봅니다. 물론 선시를 단순한 기법으로만 차용하는 것이 과연 선시일 수 있느냐는 논란의 여지가 있지만, 이런 논란 자체가 불교문학의 외연(外延)을 확대하는 계기가 될 것으로 봅니다.

스님　　전통적인 선시는 깨달음을 노래한 오도송, 죽음을 앞두고 자기 인생을 압축해서 얘기하는 열반송 같은 것이 대표적입니다. 또 제자들에게 훈계나 잠언을 내릴 때도 게송을 써서 보여주기도 합니다. 이런 선사들의 게송을 보면 뛰어난 선적 깨달음과 문학적 서정성이 들어 있는 것이 많습니다. 제가 좋아하는 게송 몇 수를 음미할 테니 들어보시지요.

코끼리가 기지개를 켜니(象王嚬身)

사자가 크게 울부짖는구나(獅子哮吼)

재미없는 말씀을 하니(無味之談)

사람의 입을 꽉 막는구나(塞斷人口)

동서와 남북 사방으로(東西南北)

까마귀 날고 토끼가 달리는구나(烏飛兎走)

_ 설두(雪竇), 조주분소불하송(趙州分疎不下頌)

천 자나 되는 긴 실을 곧게 드리우니(千尺絲綸直下垂)

한 물결이 일어나매 만 물결 따르도다(一波纔動萬波隨)

고요한 밤 물은 차가워 고기도 안 무니(夜靜水寒魚不食)

빈 배에 달빛만 가득 싣고 돌아오도다(滿船空載月明歸)

_ 야부(冶父), 금강경송(金剛經頌)

환인이 환인이 사는 마을로 와서(幻人來入幻人鄕)

오십여 년 동안 미친 광대짓 했네(五十餘年作戲狂)

인간의 영욕사 다 놀아 마친 뒤에(弄辱盡人間榮事)

꼭두각시 탈 벗고 푸른 곳으로 가네(脫僧傀儡上蒼蒼)

_ 보우(普雨), 임종게(臨終偈)

달이 뜨자 온 산이 고요해지고(月出千山靜)

봄 오자 나무에 파란 잎 돋네(春會萬木榮)

그대 능히 이 뜻을 알아챘다면(人能知此意)

대장경 읽는 것보다 더 나으리(勝讀大藏經)

_ 휴정(休靜), 잡흥(雜興)

물 위의 진흙 소가 달빛을 갈고(水上泥牛耕月色)

구름 사이 나무말이 풍광을 끌고 가네(雲中木馬掣風光)

태고의 옛 곡조는 허공의 뼈다귀라(威音古調虛空骨)

외로운 학 울음은 하늘 밖으로 가네(孤鶴一聲天外長)

_ 소요(逍遙), 종문곡(宗門曲)

이런 작품들은 모두 선적 깨달음과 열반의 경지를 노래한 것들입니다. 이에 대한 문학적인 평가는 별론(別論)으로 하더라도 이를 통해 우리는 선사들의 종교 행위가 도달한 경지를 짐작할 수 있습니다. 그 위에 문학적 성공이 더해진다면 바랄 것이 없을 겁니다. 불교에서 문학이란 이렇게 종교 행위의 연장, 또는 대중 설득을 위한 수단이 됩니다. 그런 뜻에서 종교문학은 그 나름의 가치가 있다고 보아야 할 것입니다.

시인　스님의 말씀을 종교와 문학의 관계는 서로 상반된 목적을 가지고 있으면서도 보완하는 관계라고 알아들으면 될까요? 하지만 종교는 문학을 목적으로 보지 않고 수단으로 생각합니다. 종교의 목적인 포교를 위해 종교의 가르침이나 감흥을 표현하는 수단으로 보는 것이지요. 이에 비해 문학은 종교 자체가 목적이 아니라 그것을 소재나 주제로 삼으려고 합니다. 이때 종교는 문학의 목적인 즐거움이나 감정의 고양을 위한 수단이 되는 것이 아니냐 하는 생각입니다. 그렇다면 스님은 문학이 목적입니까, 종교가 목적입니까.

스님　저는 문학을 전업으로 하기보다는 불교와 겸업으로 하는 사람이라서 가끔은 혼돈을 느낄 때도 있습니다. 돌이켜보면 상하사불급(上下事不及)이라, 겸업 아닌 겸업으로 시인으로도 실패했고 수행승으로도 실패했습니다만 굳이 불교와 문학, 훌륭한 수행승과 훌륭한 시인 두 가지 중에 하나를 선택하라고 한다면 저는 시인보다는 스님을 택할 것 같습니다. 말은 겸업이지만 어디까지나 저의 본업은 수행자라는 뜻이지요. 이에 비해 선생님은 시(詩)가 아니면 할 일이 없는 시인입니다.

그래서 물어보고 싶은 말이 있습니다. 언젠가 어떤 책을 보니 '문학, 목매달아 죽어도 좋을 나무'라는 제목이 있었습니다. 선생님은 이 표현에 대해 어떻게 생각합니까. 종교인이 자기가 믿는 종교를 위해 순교를 하듯이 문학하는 사람도 문학을 위해 '순문(殉文)'을 할 수 있다고 보는 것인지, 정말로 문학이 우리 인생에 있어서 목매달아 죽어도 좋을 만한 것인지 이런 것을 한 번 물어보고 싶습니다.

시인　문학을 위해 순교를 할 수 있느냐는 극단적인 가정이어서 좀 생각해보아야겠네요. 하지만 문학이 없는 세상은 쉽게 상상이 안 됩니다. 만약 문학이 없다면 훨씬 삭막하고 재미가 없겠지요. 문학이 있음으로 해서 이 세상은 윤택해진다고 봅니다. 이런 면에서는 문학뿐 아니라 다른 예술도 마찬가지라고 생각합니다. 그렇지만 문학이 삶을 얼마나 풍요롭게 만드는가에 따라 다른 예술도 큰 영향을 받는다고 봅니다. 왜냐하면 예술 중에서도 꽃은 역시 문학이니까요.

가만히 생각해보면 문학은 사회과학보다 덜 실용적일 것 같지만 실제로는 반드시 그렇지만도 않습니다. 삶은 사회과학이 아무리 탐구하고 규정하려고 해도 그렇게 되지 않습니다. 세상은 사회과학이 탐구한 대로 돌아가지 않는다는 얘기이지요. 가령 '자본주의란 이런 것이다' 하고 사회과학이 정의를 내리지만 사람 사는 것이 어디 그대로 따라갑니까. 삶을 있는 그대로 찾아내고 보여주는 것이 예술이고, 그 예술 중에서도 가장 중요한 일을 하는 것이 문학이라고 봅니다.

물론 사회과학은 그 나름으로 굉장히 중요한 역할을 합니다. 여러 가지 사회과학 이론이 '우리 사회는 이렇다'고 말합니다. 하지만 아무리 그래도 그렇게 안 되는 것이 인간의 삶입니다. 사회과학이 아무리 '우리나라 사람들은 이렇다' 하지만 우리가 사는 세상을 제대로 밝혀내지 못합니다. 하지만 문학은 사람 사는 것을 하나하나 구체화시키고 우리 사회의 모습을 찾아내는 역할을 합니다. 이것은 매우 중요한 일입니다.

또 문화적 측면에서 보아도 가령 동양에서 두보나 이태백이 없었다면 동양의 역사가 얼마나 허무했겠습니까. 우리나라만 해도 송강이나 윤선도 같은 시인들이 없었다면 우리 역사가 얼마나 맥이 없었겠습니까.

스님　그럼에도 선생님은 한때 시를 쓰지 않았습니다. 그 이유는 무엇이었습니까.

시인　제가 문단에 나온 것이 1956년 무렵입니다. 휴전이 된 게 1953년이니까 포성이 멎은 지 겨우 3년밖에 안 된 시점이었지요. 시라는 게 흥이 나야 쓰는데 문단에 처음 나와서 시 몇 편 발표하고 나니까 흥이 안 나요. 그때가 어떤 판이었냐 하면 전쟁이 끝난 지 얼마 안 됐을 때라 서울 시내에 전쟁의 흔적이 그대로 남아 있었습니다. 버스나 기차를 타면 상이군인들이 와서 물건을 사지 않으면 앉지도 못하게 하고 그랬죠. 그런 판에 '갈대' 같은 서정시를 쓴다는 게 의미가 있는가, 그런 회의가 들었었지요.

저는 그때 동국대 영문과를 다녔는데 미당 선생 강의는 딱 한 시간 들어가 보고 너무 재미가 없어서 다음부터는 한 번도 안 들었던 기억이 나요. 유명한 시인의 얼굴을 본 것만으로 만족을 했던 것 같아요. 그 무렵 저는 도무지 학교 공부에 재미를 못 붙였어요. 영문과 친구들은 대개 문학과는 담을 쌓은 친구들이었지요. 그래서 저는 고서점에서 만난 친구들이나 다른 학교 학생들하고 사회과학 서적 따위를 돌려 읽으면서 지냈지요. 그때 우리들 사이에서는 남들이 안 읽은 책을 읽고서 이야기를 하면 그날 술값도 면제되고 말하자면 그 자리의 대장이 되는 분위기였죠. 『공산당 선언』을 영어로 처음 읽은 것도 그때였지요. 『공산당 선언』이라는 게 영어 공부하기에 참 좋은 책이었던 기억이 나요. 문장이 정확하거든요. 그래서 번역을 해 가면서 『공산당 선언』을 읽었지요. 그런데 같이 책을 돌려 읽던 선배가 '진보당 사건'으로 잡혀 들어갔습니다. 저는 겁을 먹고 시골로 도망을 쳤고 내친 김에 8~9년 살았는데, 그래서 시와 자연스럽게 헤어졌죠.

스님　전쟁 직후는 참 어려운 시기였지요. 저는 그 무렵 절에서 살았는데 절집도 너무 궁핍해서 수행을 한다든지 하는 기풍보다는 호구(糊口)가 문제였을 때입니다. 거기다가 종단은 비구승과 대처승이 싸우면서 혼란을 겪고 있었습니다. 저는 그때까지 서울 구경을 못한 촌놈이었습니다. 저는 밀양의 한 시골 절에서 앞서 말했듯이 소머슴살이도 하고 이런저런 책을 읽으며 문학과 종교에 대해 많은 고민을 했습니다. 저도 그때는 종교나 문학이 과연 무엇을 할 수 있을지를 회의했습니다. 그때는 정말 가난이 우리의 모든 것을 지배하던 시대였습니다.

시인　지금도 생각나는 것은 그 무렵 영국의 한 신문은 '한국에서 민주주의라든가, 사람이 사람답게 살 수 있게 되는 것은 쓰레기통에 장미꽃이 피는 것과 같이 불가능한 일이다'라고 말했는데 그만큼 우리는 상황이 나빴습니다. 그 당시 세계에서 우리나라는 가장 가난한 나라였어요. 제가 앞서 '칸다하르'라는 영화를 본 일이 있다고 말했는데 한국전쟁 직후가 바로 저랬다는 생각이 들어 더 감동을 주더라고요.

그때 청계천에는 창녀촌과 함께 헌책방이 들어서 있었는데 저는 학교에서 강의를 듣는 것보다 서점을 돌아다니면서 책 구경하는 게 더 재미있어서 거기서 사회과학 서적들을 사서 읽기 시작했어요. 그때는 정말 제 시에 대해서 회의도 들고 이런 현실 속에서 문학이라는 게 의미가 없지 않나 그런 생각도 많이 했습니다.

그때 제가 얼마나 철딱서니가 없었냐 하면 『공산당 선언』 읽은 걸 자랑하고 싶어서 시골에서 과외를 하는데 항상 『공산당 선언』을 가지고 가르쳤어요. 그런데 한 아이가 집에 가서 그 얘기를 했어요. 가만히 듣고 보니 부모가 이상하거든. 그래서 큰일 날 뻔했지요. 또 돌아다니면서 남한 체제가 희망이 없다고 떠들었지요. 친구들한테 술 얻어먹으면 술값이라도 해야 하는데 할 말이 없으니까 '북한 체제가 훨씬 낫다' 이런 소리도 했죠. 그랬더니 한 번은 싱거운 친구 하나가 김일성 노래를 아느냐고 물어요. 그래서 잘난 척하며 큰소리로 노래까지 불렀지요. 결국 잡혀갔는데, 제가 아무리 사회과학 서적을 읽었다고 해도 나를 조사한 검사와는 토론이 안 돼요. 그 검사가 공산주의에 대해 굉장히 밝았던 것 같아요. 그래서 몇 달 감옥살이를 하고 나와서 다시 공산주의에 대해 공부를 시작했지요. 그 시절 했던 공부가 살면서 저한테 큰 도움이 되었어요.

스님 그러면 어떻게 다시 문학의 길로 들어서게 되었습니까.

시인 시골서 어영부영 10여 년을 보내다가 우연히 충주 읍내에서 김관식 시인을 만난 것이 계기가 됐어요. 김 시인도 그때 한 3, 4년은 시를 쓰지 않았다는데 나보고 그동안 시를 얼마나 썼냐고 묻더군요. 저는 그동안 딱 한 편을 썼는데 그걸 보여줬더니 '됐다'면서 서울로 가서 다시 함께 시를 쓰자는 거예요. 그래서 서울로 올라와서 김 시인의 집에서 6개월 정도 더부살이를 했죠. 이것이 제가 문단으로 복귀한 계기였습니다.

삶은 사회과학이 아무리 탐구하고
규정하려고 해도 그렇게 되지 않습니다.
세상은 사회과학이 탐구한 대로
돌아가지 않는다는 얘기이지요.
가령 '자본주의란 이런 것이다' 하고
사회과학이 정의를 내리지만
사람 사는 것이 어디 그대로 따라갑니까.
삶을 있는 그대로 찾아내고 보여주는 것이
예술이고, 그 예술 중에서도
가장 중요한 일을 하는 것이
문학이라고 봅니다.

제 얘기는 그 정도로 하고, 스님은 어떻게 해서 시를 쓰게 됐습니까. 저의 문학이력은 여기저기서 하도 많이 말을 해서 알려졌지만 스님은 어떻게 해서 문학을 했는지 뒷얘기 알려진 것이 없어서 사람들이 궁금해할 것 같습니다.

스님　저는 아주 우연한 기회에 시를 만났습니다. 저는 선생님처럼 학교도 제대로 다니지 못했습니다. 소머슴으로 절에 들어와서 처음에는 한문도 배우고 불경도 읽었는데 묘한 인연 때문에 그것도 제대로 못했습니다. 한동안 문둥이도 따라다니면서 방황하다가 삼랑진 금무산에 있는 약수암이라는 암자에서 한 5년 열심히 수행을 한 적이 있습니다.

시인　잠깐 말을 끊겠습니다. 문둥이를 따라다니다니 좀 기이한 느낌이 드는데 무슨 이유라도 있었나요?

스님　그게 좀 그렇습니다. 제가 지난번에 말했던 연애사건 이후의 일인데 하여튼 절에서 나와 방황을 좀 했습니다. 1950년대 초반이니까 당시는 도시나 시골이나 먹을 것도 부족하고 문둥이와 상이군인도 많은 세상이지 않았습니까. 저도 만행을 한답시고 탁발을 다녔지만요. 그런데 한 번은 어느 집 안마당에 들어가 1시간 가까이 독경을 해도 시주를 하지 않는 거예요. 방 안에 분명히 사람이 있는데 인기척도 내지 않고 문구멍으로만 빼꼼히 내다보는 거예요. 그러자 저도 탁발보다는 누가 이기나 오기를 부리며 경을 읽은 것이지요. 그때 마침 이목구비가 반쯤 허물어진 문둥이가 제 앞에 와서 우뚝 서는 것이에요. 그러자 방문이 왈칵 열리면서 늙수그레한 주인마님이 모습을 나타냈는데 문둥이에게는 쌀을 한 됫박이나 주고 명색이 삼계대도사(三界大導師)요, 법왕의 제자인 저에게는 장종지에 한 움큼이 될까말까 한 쌀을 주는 것이에요. 그 순간 저는 도통을 했지요. '아, 세상 사람들은 삼계대도사요, 법왕인 거룩한 부처님보다 문둥이를 더 무서워하는구나. 젠장할 세상, 나도 문둥이나 되어야겠다.' 이렇게 다짐을 하고 문둥이를 따라갔습니다. 그는 곧 허물어질 것 같은 다리 밑에 거적때기로 움막을 만들어 놓고 마누라와 살고 있었는데 남자는 이미 온몸이 다 문드러지고 여자의 몸에는 울긋불긋 복사꽃이 피기 시작하는 중이었습니다. 문둥이 부부는 처음에는 음산하게 웃으며 경계를 하더니 저를 받아주었습니다. 그래서 그들과 한 식구가 되어 한 해 겨울을 따뜻하게 보냈습니다. 그곳은 경상도 영천 땅이었지요.

그런데 다음 해 봄이 되자 이 문둥이 부부는 어느 날 밤 편지 한 장 남기고 사라졌어요. '행자님은 절에 가서 공부해서 부처가 되라'는 내용이었습니다. 저는 그 편지를 들고 그 문둥이 부부를 찾아 1년 가까이, 해남의 땅끝 마을까지 전국을 헤맸으나 결국 못 찾고 말았습니다. 그리고 나서 오랫동안 방황하다가 다시 절로 들어갔는데 그게 삼랑진 약수암이라는 암자였습니다.

시인   그러면 문학수업은 그때 한 것인가요.

스님   저에게는 별다른 문학수업이라는 것이 없었습니다. 사실 저는 처음에는 중이 산에서 무엇을 하는 사람인지도 모르고 절간 소머슴이 됐습니다. 그러니 문학이 무엇인지 알 리가 없었습니다. 그런데 절간 소머슴살이를 몇 해 하면서 이 세상에서 제가 할 일은 중노릇뿐이라는 생각이 들었던 것처럼 시를 쓰게 된 것 또한 우연한 만남에 의해 선택한 것이지요.

그러니까 삼랑진 암자로 갈 때는 '석가도 6년 수도를 해서 우주의 진리를 다 깨쳤다는데 나라고 못할 것이 무에냐, 석가는 2,500년 전 태어났으니 미개한 시대 사람이다. 내가 뒤질 것이 없다.' 이런 오기로 집중적인 명상 수련도 하고 책도 읽으며 나름대로 그림자가 부끄럽지 않게 열심히 살았습니다. 그렇게 몇 년을 잘 지내고 있었습니다. 그러던 어느 날 동가식서가숙(東家食西家宿)할 때 알았던 이제우, 강홍남이라는 친구가 기고만장한 문학청년이 되어 깊은 골짜기로 저를 찾아왔어요. 두 친구는 그들이 쓴 시와 시조를 보여주면서 인생이 어떻고 문학이 어떻고 하면서 며칠을 가지 않고 떠들어대는 것이었습니다. 암자에는 먹을 것도 없는데 말입니다. 그래서 그따위 시나 시조는 하룻밤에 100편도 쓰겠다고 큰소리를 쳐 놓고 밤새도록 끙끙거리며 시조 한 편을 썼는데 그게 '할미꽃'이라는 시조입니다.

할미꽃

이른 봄 양지 밭에 나물 캐던 울 어머니
곱다시 다듬어도 검은머리 희시더니
이제는 한줌의 귀토(歸土) 서러움도 잠드시고.

이 봄 다 가도록 기다림에 지친 삶을
삼삼히 눈감으면 떠오르는 임의 양자(樣子)
그 모정 잊었던 날의 아, 허리 굽은 꽃이여.

하늘 아래 손을 모아 씨앗처럼 받은 가난
긴긴 날 배고픈들 그게 무슨 죄입니까
적막산(寂寞山) 돌아온 봄을 고개 숙인 할미꽃.

당시 저는 신춘문예가 무엇이며 추천이 무엇인지를 들은 바는 있었지만 어떻게 하는 것인지는 잘 몰랐습니다. 그런데 강홍남이라는 친구가 이때 쓴 '할미꽃'과 쓰다 만 작품을 나 몰래 가지고 간 모양이에요. 그가 이 작품을 1965년 동아일보 신춘문예에 투고를 했다가 최종심에서 떨어졌다고 안타까워하며 신문과 함께 장문의 편지를 보내왔습니다. 친구의 편지를 읽고 조금은 흥분해서 밀양읍에 나가 『현대문학』과 시집 몇 권을 사들고 들어와 한동안 시와 시조 짓기에 미쳤습니다. 그래서 이태극, 조종현, 정완영, 서정주 선생에게 편지를 보내기도 하면서 말하자면 문학수업을 한 것이지요. 그러다 보니 이태극, 조종현 선생이 『시조문학』이라는 듣도 보도 못한 잡지에 1년에 1편씩 3년에 걸쳐 추천을 해서 1968년에 천료(薦了)를 했습니다. 이때부터 주변 사람들이 저를 시조시인이라고 했습니다. 그 무렵 경상도 지방을 중심으로 활동했던 김교한, 서벌, 박재두, 김호길 시인 등이 『율(律)』이라는 동인지를 만들면서 저도 끼워줘서 같이했습니다.

시인   스님도 한동안 글을 안 썼던 것 같더군요. 시집은 『심우도』, 『절간 이야기』 두 권인데 『심우도』는 1978년에 나왔고 『절간 이야기』는 최근에야 상재됐습니다. 많이 쓴다고 좋은 작품을 남기는 것은 아니지만 등단 30년이 넘는 시인치고는 과작이 아닌가 싶은데, 아까 말씀대로 문학이 본업이 아니라서 안 쓰신 것인지 어떤지 궁금합니다.

스님   제가 금무산 토굴에 들어갈 때는 석가모니처럼 6년을 기약하고 들어갔는데 시가 지상에 발표되고 나니 스님들이 찾아오는 거예요. 정휴스님과 지금은 환속했지만 우명, 도과, 도현 등과 친교를 맺게 되었는데 결국 정휴스님과 당시 직지사 총무였던 우명스님 손에 이끌려 5년 만에 금무산을 버리고 금릉에 있는 계림사라는 절로 옮겼습니다. 그때 김천에는 정완영 선생이 계셨습니다. 당시 정완영 선생은 김천역 앞에서 양지다방을 경영하셨는데 그 다방에서 문단의 대가이신 이호우, 이영도, 김상옥, 박재삼 선생들과 임종찬, 김상훈 등 많은 문학 지망생들을 만날 수 있었습니다. 따라서 한 2년 간은 정완영 선생에게 시조 강의를 많이 들었습니다. 제가 시보다는 시조에 몰두하게 된 것은 조종현, 정완영 선생의 영향이라 해야 할 것입니다.

이야기가 좀 빗나갔습니다만 제가 시 쓰기를 포기하다시피 한 것은 그때만 해도 지방의 문인들이 발표할 지면이 없었습니다. 문단에도 학맥, 인맥, 문맥 같은 것이 중요했는데 저는 그런 것이 없으니까 지면을 얻지 못했습니다. 그러다보니 자연 시에는 소홀해졌습니다. 그래서 이름만 걸어 놓고 시는 안 쓰는 게으른 시인이 되고 만 것이지요.

그건 그렇고 저는 언젠가 선생님 같은 대가를 만나면 꼭 물어보고 싶은 것이 있었습니다. 도대체 다른 시인들은 시를 쓸 때 어떤 마음으로 쓸까, 어떨 때 시를 쓸까 하는 것인데 선생님의 경우는 어떻습니까.

시인   시는 우리 주위의 살아 있는 것들을 더 살아 있게 합니다. 시인은 죽어 있는 것을 살리는 몫을 해야 한다고 생각합니다. 저는 시를 쓸 때 눈에 띄는 상징이라든가 눈에 띄는 은유는 하지 않았습니다. 억지로 만든 것은 시적 메시지를 모호하게 만들어 무슨 소리를 하는지가 분명치 않습니다.

시를 쓰는 때나 방법은 특별한 것이 없습니다. 어떤 상(像)이 떠오르면 그것을 금방 쓰지 않고 잊어버립니다. 그런데 한참 후에 생각났다가 없어졌다 다시 생각나서 한 편의 시로 구체화되면 그때 시를 씁니다. 개중에는 그런 상이 아주 없어지는 것도 있는데 '그런 것은 시가 될 만한 것이 아니다.' 하고 잊어버리죠. 그러다가 다시 떠오르면 시가 되는 것이 아닌가 싶습니다. 다른 시인도 말했지만 '시라는 것은 불씨 같은 것'이라고 봅니다. 화롯불 속에 불씨가 있는데 그것이 살아났다가 죽기도 하고, 재가 되어 없어지기도 하고, 그러다가 다시 살아나는 불씨가 되기도 합니다. 그러면서 오랫동안 남아 가지고 주위를 밝히는 것이 있습니다. 저도 불씨처럼 시가 영글면 그때 씁니다.

스님　나는 가끔 시인들에게 이런 질문을 해봅니다. '당신은 왜 시를 씁니까. 도대체 시가 무엇이기에 시를 쓰려고 합니까' 하는 것입니다. 선생님은 이런 질문을 받으면 어떻게 대답하십니까.

시인　제 친구 중에 젊을 때 시를 공부하다가 집안 사정이 좋지 않아 중간에 방향을 바꿔 다른 쪽으로 출세를 한 사람이 있습니다. 그러다가 나이 50이 넘으니까 너무 허무해지더라는 겁니다. 그래서 다 걷어치우고 시를 쓰겠다고 나한테 왔습니다. 그러면서 하는 말이 자기는 '헛살았다. 다시 시를 쓰겠다'라고 하는 겁니다. 간혹 그런 사람들이 있어요. 결국 시라는 것은 안 쓰고는 못 견디는 사람들이 쓰는 것이 아니냐 하는 생각을 합니다.

그러면 왜 이렇게 사람들이 시를 쓰려고 하는가. 시라는 건 이런 것 같습니다. 시란 무엇을 위해서 있는 것도 아닙니다. 나무가 무엇을 위해서 있는 것이 아니듯이 그냥 존재하는 것이다, 이렇게 말하고 싶어요. 나무처럼 존재해서 나무가 얼마나 멋있고 고마운 것인지 아는 사람한테는 고맙고 좋은 것입니다. 시도 시가 얼마나 재미있고 맛깔스럽고 자기 삶에 도움이 되는가를 아는 사람한테는 좋은 것이지만, 시를 모르는 사람에게는 아무 것도 아닌 무의미한 것에 지나지 않습니다. 그러니까 시라는 것은 그냥 존재하는 것입니다. 누구한테 자기감정을 주장하는 것이 아니라 그냥 존재하면서 '나 같은 것이 하나 있다. 볼 사람은 봐라, 보지 않는 사람은 할 수 없다' 그런 것이 시라고 생각합니다.

스님　시는 나무이기도 하고 꽃이기도 하고 그냥 존재하는 것이라는 말씀에 동감합니다. 정말 시란 보는 사람은 보고 감탄할 사람은 감탄하고, 못 보는 사람 못 보는 그런 것이란 생각이 듭니다. 그렇지만 그 맛을 모르는 사람은 죽을 때까지 못 보고 맙니다. 반대로 그걸 아는 사람은 그것이 아름답고 재밌고 맛깔스럽다는 것을 알고 가는 거죠. 물론 세상에는 시를 모르는 사람이 더 많습니다. 신경림이 뭐 하는 사람이냐고 물어보면 시를 좋아하는 사람이야 알겠지만 모르는 사람이 더 많을 겁니다. 그럼에도 선생님은 시를 씁니다. 이렇게 시는 누가 시켜서 쓰는 것도 아니고, 시가 무엇이 되었든 간에 그걸 하지 않으면 못 사는 사람이 있는데 그런 사람이 시인이 되는 것 같습니다.

시인　세상 사람들이 다 시인이 될 수는 없을 겁니다. 시란 어떤 면에서 언어의 예술인데 언어에 대한 특별한 감각을 가진 사람들, 또 특별한 감각을 훈련받은 사람들이 하는 것이지 모든 사람들이 다 시를 쓸 수는 없습니다. 어떻게 보면 시는 소수의 사람들이 즐기는 예술입니다. 소수화된다는 것은 시의 의미가 축소가 된다는 것이 아니라 다만 그것이 소수에 의해서 쓰이고 읽힌다는 의미에서입니다.

그러나 소수란 약하다는 것을 의미하지는 않습니다. 그것이 주는 힘은 다수에 의해서 향유되는 예술보다 적어도 그 소수에 대해서는 더 강하고 진합니다.

또 다른 비유를 들어 말하면 이렇게 설명할 수도 있을 겁니다. 한 그루 나무가 다 열매나 꽃이 될 수는 없다는 것입니다. 나무에는 가지도 있고 뿌리도 있고 꽃도 있고 열매도 있는데 이 중 열매나 꽃을 시라고 한다면 그것만 시지 다른 것은 시가 될 수 없는 것이다, 이렇게 말하면 어떨까 싶습니다. 그러나 시가 무엇이 됐든 그 시를 안 쓰면 못 사는 사람이 있고, 안 읽으면 못 사는 사람이 있습니다. 그런 사람이 시인이 되고 독자가 되는 것이지요.

스님　　1970년대 중반으로 기억되는데 윤금초 시인과 함께 김동리 선생 댁을 방문한 것이 있습니다. 그때 무슨 말 끝에 소설가 김춘복 씨 이야기가 나왔습니다. 김춘복 씨는 서라벌예대 재학 중에 '낙인'인가 하는 작품으로 『현대문학』에 1회 추천을 받고 그해의 화제작으로 문명을 떨친 바 있었습니다. 그런데 그 후 2회 추천을 받지 못해 안달하는 모습을 보았던 저는 김동리 선생을 만난 김에 왜 추천을 해주지 않느냐고 물었더니 선생은 이렇게 말씀하셨습니다.

"춘복이가 1회 추천 후 4년 만에 2회 추천 작품을 보내왔기에 읽어보니 작품이 참 좋아. 그래서 추천사를 써 놓고 있는데 춘복이가 찾아왔기에 '와 이제 작품을 보냈노?' 하니 춘복이가 하는 말이 '그간 군대 갔다 오고, 장가 가고 직장 구하고 하다 보니 작품 쓸 시간이 없었습니다' 그러는 거야. '그러면 일요일에는 뭐하노?' 하니 '낚시도 가고, 등산도 가고, 아이하고 놀고……' 어쩌고 하는 거야. 그때 나는 속으로 '그래, 저렇게 살 수 있으면 됐다. 그렇게 잘살 수 있는 사람을 굳이 고생스럽게 계속 소설을 쓰게 할 필요가 있나. 소설가는 쓰지 않고는 못 사는 사람만이 되는 것이지……' 이렇게 생각하고는 춘복이가 돌아가는 것을 보고 써두었던 추천사를 찢어버렸어."

이렇게 말씀하면서 신 선생님 말씀처럼 쓰지 않고는 못 사는 사람이 소설가든 시인이든 문인이 된다는 말씀이 있었습니다.

그런 점에서 선생님은 시인으로 불려 마땅하지만, 저는 부끄러운 데가 많습니다. 그래서 그 얘기는 그만하기로 하고, 그 대신 몇 가지 물어보고 싶은 것이 있습니다. 하나는 해묵은 문제이긴 합니다만 문학의 예술성과 대중성에 관한 것입니다. 이 문제에 대한 가장 이상적인 대답은 예술성을 갖춘 문학이 대중성도 획득하면 좋을 것입니다. 하지만 현실은 그렇지 못합니다. 그때는 어떻게 해야 하는가 하는 문제입니다.

왜 이런 얘기를 꺼내는가 하면 이 문제가 불교의 출세간성과 세간성의 문제와 비슷하다고 보기 때문입니다. 불교의 깊은 사상이나 실천은 출세간의 전문적 수행자 집단에 의해 유지되고 발전되어 가지만, 그렇다고 세간의 대중이 없으면 불교는 존재하지 못하게 됩니다. 그래서 불교는 종교의 세속화 우려에도 불구하고 대중성 획득을 위해 대중과의 거리를 좁히는 일에 관심이 많습니다. 이 문제는 문학은 예술성과 대중성의 문제와 비슷한 내용이라고 보는데 선생님의 견해는 어떤지 궁금합니다.

시인　문학에서 예술성과 대중성은 두 가지 다 놓칠 수 없는 목표라고 봅니다. 만약 문학예술이 인간의 감정을 고상하게 고양시키지 못한다면, 그래서 삼류로만 흐른다면 그것을 문학이라고 해야 할지 의문입니다. 차라리 저급한 주간지 기사를 읽거나 유행가를 읊조리는 것이 더 나을지도 모릅니다. 이래가지고는 문학이 감당해야 할 예술적 책무, 또는 사회적 책무를 다하는 것이 아닐 것입니다. 그렇지만 혼자 고고해서 대중의 외면을 받는다면 그것은 예술이 아니라 몇몇 호사가들의 현학 취미를 만족시키는 것에 불과할 것입니다. 특히 이런 경향은 현대시에서 많이 나타나고 있는데 나는 그런 것이 문학이 가야 할 길인지에 대해 강한 의문을 가지고 있습니다. 문학, 특히 시는 삶의 진정성을 표현하는 수단이자 그 자체여야 합니다. 언어를 암호화하거나 유희적으로 다루면서 독자들에게 '너희들은 이런 것 잘 모르지? 바보 같이…….' 하고 조롱하듯 한다면 이는 좋은 문학에 대한 기만이자 독자에 대한 모독이라고 봅니다. 현대시가 독자로부터 외면당하는 가장 큰 이유도 여기에 있다고 봅니다.

물론 우리는 대중성만을 주장하며 문학의 수준을 삼류로 끌어내리는 것을 경계해야 합니다. 하지만 문학이 독자의 정서를 외면하는 것이 당연하다는 것처럼 말하는 것에 대해서는 동의할 수 없습니다. 모든 문학은 좋은 글을 쓰는 것만이 능사가 아니라, 대중에게 읽히겠다는 것을 전제로 쓰이는 글이라는 것을 잊지 말아야 한다고 봅니다. 그것은 마치 스님이 말씀하셨듯이 불교는 기본적으로 출세간적인 가치를 지향하지만 그 대상은 세간을 향하고 있다는 것과 같은 의미라고 봅니다.

물론 시는 누구를 위하여, 또는 누구에게 읽히기 위하여 쓰는 것은 아닙니다. 또 시는 독자가 보지 못하는 것을 보고, 만지지 못하는 것을 만지지 못한다면 생명력이 없습니다. 그러나 시는 읽어줌으로써 완성된다는 측면도 무시해서는 안 되겠지요.

스님　조금 전에도 예를 들었듯이 시를 쓰기 위해서 직장까지 내팽개치는 사람이 있을 정도로 문학에 대한 순수한 열정이 있는 사람이 있는가 하면 문학의 사회적 역할이랄까 그런 것이 없다면 무슨 의미가 있느냐, 이렇게 보는 시각도 있습니다. 우리나라에서는 이 문제가 정치적인 상황과 맞물리면서 순수문학과 참여문학 논쟁이 치열하게 벌어졌던 적이 있었습니다. 문학이 사회의 변혁과 발전에 봉사해야 한다는 주장과, 문학적 아름다움의 추구에만 매진해야지 정치적으로 변질되면 순수성이 사라진다는 주장은 모두 일면의 진실이 있기 때문에 어느 쪽이 어떻다고 말하기가 어렵습니다.

나는 이 논쟁을 볼 때마다 불교의 대승과 소승의 논쟁과 비슷한 점을 발견합니다. 대·소승 논쟁은 불교 이념의 사회적 실천문제에서 유래된 것입니다. 즉 중생구제가 먼저냐 자기완성이 먼저냐 하는 것이 초점입니다. 중생구제가 먼저라는 쪽에서는 스스로를 대승이라고 부르면서 자기완성을 강조하는 쪽을 향해 소승이라는 모욕적인 말을 사용했습니다. 그러나 요즘은 그런 용어보다는 보수적인 장로파 불교라는 의미로 상좌부 불교라고 부릅니다. 또 시대적 구분법을 쓰기를 즐기는 사람은 초기불교, 발달불교라는 용어를 쓰기도 합니다. 나는 이 논쟁이 불교사상의 깊이와 폭을 넓혔다는 점에서 긍정적인 평가를 합니다. 그러나 논쟁이 격렬해지면서 분응하수(分飮河水), 즉 강물도 줄을 그어 놓고 건너편 물은 마시지 않을 정도로 대립한 것은 문제였습니다.

이 문제는 본질적으로는 우리나라의 문학논쟁의 문제점과 비슷하다고 봅니다. 이와 관련해서 여쭤보고 싶은 것이 있습니다. 선생님은 이른바 참여를 주장하는 민족문학작가회의 쪽에 서 있는 분인데 참여와 순수의 문제를 어떻게 보고 계시는지요. 혹시 순수를 주장하는 분들과는 분음소주(分飮燒酒)도 불사하는 것은 아니신지…….

시인 저는 시란 우선 예술적 완성도가 있어야 된다고 생각합니다. 말의 재미도 있고, 읽는 재미도 있고, 무슨 소리를 하는가도 알아야 하고 그 나름대로의 깊이도 있고, 말하자면 이런 것들이 복합된 것을 예술성이라고 할 수 있겠는데, 일단 이런 것이 없으면 시라고 부르기 어렵겠지요.

그러나 시의 진짜 감동은 시가 삶을 얼마나 생동감 있게 재구성했느냐에서 오는 경우가 더 많습니다. 가령 저는 미당의 '동천'을 읽으면서 참 아름답다고 생각했지만 감동을 받지는 않았습니다. 그 시가 현실과는 동떨어져 있었기 때문이지요. 문제는 이겁니다. 시는 예술적 완성도가 중요하지만 그에 못지않게 현실에 뿌리박는 것도 중요하다는 거지요.

막말로 해서 시는 말을 제재로 하는 예술 아닙니까. 말이 현실을 떠나는 것이 불가능한데 현실을 떠난 시가 어떻게 좋은 시가 될 수 있겠습니까. 말로 하는 예술인 이상, 시가 당대의 현실에 대해서 책임져야만 한다는 생각이 듭니다. 물론 현대시는 '나'의 구현

혹은 자기탐구라는 성격이 강합니다. 그것이 흐름이지요. 하지만 '나' 하나만의 '나'가 과연 존재할 수 있을까요? '나' 또한 '우리 속의 나'일 수밖에 없는 것이 현실 아닙니까. '더불어 혼자 살다'라는 말이 있지만, 시 또한 이런 정서와 떼어서 생각할 수는 없을 것 같습니다.

그러나 예술적 완성과 거리가 먼 시를 사회성 또는 전투성 때문에 높이 평가하는 데는 저도 찬성하지 않습니다. 예술성과 사회성이 조화를 이룰 때 가장 좋은 시가 나오는 것이 아닐까라고 생각합니다.

스님 참 좋은 말씀입니다. 이번에 저는 선생님의 말씀을 많이 듣기도 했습니다만 돌이켜보니 저 혼자 떠벌린 것만 같습니다. 사실 우리가 보고, 듣고, 깨닫고, 안다는 것은 다 거울에 비친 그림자에 불과한 것인데, 또 옛사람들은 아무리 좋은 일도 없었던 것만 못하다고 했는데……. 설혹 그렇다 치더라도 선생님의 말씀은 모두 다 금과옥조(金科玉條)였습니다. 다음 기회에 선생님을 다시 한 번 모시고 좋은 말씀을 또 들었으면 합니다. 마지막으로 선생님의 시 '갈대'를 음미해보는 것으로 우리들의 대화를 끝냈으면 합니다.

갈대

언제부턴가 갈대는 속으로
조용히 울고 있었다.
그런 어느 밤이었을 것이다. 갈대는
그의 온몸이 흔들리고 있는 것을 알았다.

바람도 달빛도 아닌 것
갈대는 저를 흔드는 것이 제 조용한 울음인 것을
까맣게 몰랐다.

– 산다는 것은 속으로 이렇게
조용히 울고 있는 것이란 것을
그는 몰랐다.

초판 1쇄 펴낸 날 2015년 5월 15일

지은이 조오현·신경림
펴낸이 이규만
책임편집 위정훈
디자인 강국화
펴낸곳 참글세상
출판등록 2009년 3월 11일(제300-2009-24호)
주소 서울시 종로구 인사동 7길 12 백상빌딩 1305호
전화 02-730-2500
팩스 02-723-5961
이메일 kyoon1003@hanmail.net

ISBN 978-89-94781-37-2 (03810)

값 15,000원